햇빛샤워

이음희곡선

햇빛샤워

장우재

이음

- 〈햇빛샤워〉는 2015년 7월 9일부터 7월 26일까지
  남산예술센터에서 초연된 작품이다.
  이 책은 2016년 5월 17일부터 6월 5일까지
  같은 극장에서의 재공연을 위해 수정한 대본임을 밝힌다.
- 본문 중에서 • 표시한 용어에 대한 설명과 각주가
  책의 말미에 있다.

차례

등장인물

광자	이십 대 후반 여성.
동교	열아홉 살 남성. 수셈이 느리다.
동교 부	오십 대 초반 남성. 동교의 양부. 연탄집을 한다.
동교 모	오십 대 초반 여성. 동교의 양모.
과장	사십 대 초반 남성. 광자가 일하는 백화점 매장 내 브랜드 본사 관리직.
물류	삼십 대 초반 남성. 광자가 일하는 백화점 매장 담당 브랜드 물류 직원.
둘째	이십 대 후반 여성. 광자가 일하는 백화점 매장의 브랜드 동료 직원.
윗선	사십 대 초반 여성. 광자가 일하는 백화점 매장의 브랜드 본사 고위직.
전직	오십 대 후반 남성. 전직 형사.
늙은 여자	나이 들어 거동이 불편하다.
구청	삼십 대 후반 남성. 구청 공무원
손님	여. 광자가 일하는 백화점 매장에 들른다.
새물류	여. 광자가 일하는 백화점 매장의 브랜드 새 물류 직원.
형사	이십 대 후반 여성.
기자	
신 씨 할머니	
의사	
사진 기자	

* 전직 형사·기자는 남자배우가, 늙은 여자·윗선, 손님·신 씨 할머니·새물류는 여자배우가 겸한다.

때

인터뷰가 진행되는 때와 그들 이야기 속 한겨울에서부터 봄

무대

장별로 다양한 장소로 설정된다. 단, 광자의 방으로 가기 위해서는 반드시 동교네 집 앞을 지나가야 한다.
나갈 때도 마찬가지다. 또 동교의 집안은 무대에 실제로 구현되지 않는다. 무대에는 실제로는 뭔가 젠틀하고 화려한, 말 그대로 빛나는 장소 위주로 배치되어 있고, 뭔가 남루하고 어두운 장소들은 무대 밖으로 설정되어 우리는 상상만 할 수 있다. 그러나 광자의 반지하 방은 볼 수 있다.
이십 대 후반의 물오른 처녀의 생기답게 그곳은 반지하라도 화사하다.

제 1 장 **프롤로그**

거리 바닥에 싱크홀로 보이는 것이 '위험' 안내 표지판과 함께 안전띠로 쳐져 있다. 사람들이 나와 싱크홀을 피해 각자 자신의 일을 한다.

제 2 장

날이 좋다. 거리, 늙은 여자가 나온다. 거동이 느리다. 성경책을 옆구리에 꼈다. 앞에 누가 있는 듯 이야기한다.

늙은 여자　예… 그 여자… 알아요. 내가 느려도 한 번 본 건 다 기억해요. 느리니까. 몇 달 전이었어요. 근데 보통날하고 다르게 햇볕이 아주 좋은 날… 그런 날 있잖어요…. (그때를 회상하는 듯) 이쁘드라고… 친절하고… 어디서 잠깐 일하다 나왔는지 안에 유니폼 같은 걸 입고 쌀쌀했는지 발을 동동 구르고… 근데 막 피부는 빛이 나고… 생기랄까. 젊음의 생기. 그런 거. 그… 막 한데서 피는 꽃같이… 친절하고. (사이) 어떻게 다 그런 걸 기억하냐고. 말했잖어. 느리니까 나쁜 것도 있지만 신기한 것도 있다고. (사이) 아, 부럽지. 늙어봐. 안 그런가. 그러니까 이뻤다고. (사이) … 어떻게?

늙은 여자가 시선을 돌리자 광자가 나온다. 그녀는 싱크홀 근처에서 추운지 발을 동동 구르며 누군가를 찾고 있다. 말을 마친 늙은 여자가 천천히 아주 천천히 광자 앞, 이야기 속으로 들어간다. 천천히 그녀 앞을 지나간다. 흡사 딱 늘 자신이 다니는 길만 가는 듯… 하필 그쪽에 싱크홀이….

광자가 늙은 여자를 잡는다.

광자　　　할머니 돌아가세요.
　　　　　여기… 공사중이에요….

늙은 여자는 광자를 올려다보더니 다시 고개를 내리고
싱크홀을 보더니 우회해 간다. 가며 광자를 찬찬히
훑고 간다. 광자는 그런 여자를 보고 상큼하게
웃어 보인다. 그때 전직이 사이클을 타고 휙 하니 나타난다.
완전 복장으로 광자 앞을 지난다.
광자, 막는다.

광자　　　아저씨.
전직　　　(서며) 어. (한숨) 왜 이래?
광자　　　이름 바꿀라구요.
전직　　　근데?
광자　　　아저씨가 그런 일 하신다는데?
전직　　　누가 그래?
광자　　　(길 저편을 가리키며) 저기 법무사요.
전직　　　(보고) … 기각이 몇 번째요?
광자　　　세 번째.
전직　　　사유는?
광자　　　전과요.
전직　　　죄명?
광자　　　상해.
전직　　　얼마나 살았어?
광자　　　육 개월이오.
전직　　　언제?
광자　　　십이 년 전이오.
전직　　　십 대 때?

광자　　네.

전직　　가출했구나?

광자　　저 혼자예요. 고아예요. (웃는다)

전직　　선금 오백. 다 현찰로. 개명허가 떨어지면
이백. 더 들 수도 있습니다.

광자　　아저씨 조금만 깎아 주시면 안 될까?
제가 돈이 너무 없어서요.

전직　　돈 생기면 하세요.

광자　　이름을 바꿔야 돈이 생길 거 같아서요.

전직　　누가 그래? 점쟁이가 그래?

광자　　그건 아니고….

전직　　아가씨가 십 대 때 전과가 상해고
혼자라니까 내가 이렇게 해주는 거야.
그 돈 내가 다 먹는 거 아냐. 그때 상해
피해자들한테, 십 년 넘었으니까 사정 좀
봐달라고 진정서 하나 받는 데 그렇게
들어. 그리고 허가가 떨어져야 나도
잔금을 받고.

광자　　그럼 지금 이백 드리고 나머지는 조금만
있다 드리면 되겠다.

전직　　이름 바꾼다고 뭐 확 안 바뀌어.
돈 생기면 바꿔요.

광자　　제가 너무 급해서 그래요, 아저씨.

사이

전직　　… 다른 이유가 있구나? 신불(신용불량)은
절대 안 돼.

광자　　아니에요… 아직은….

전직　　아직?

광자 그건 아니구… 그냥요.
전직 시집갈라구? 이름 바꾼다고 전과 없어지는 거 아닌데.
광자 알아요.
전직 근데?
광자 ….
전직 골치 아픈 일이면 내가, 아가씨 끝까지 엮어서 책임 물을 거야.
광자 그런 거 아니에요. 아저씨.
전직 그러니까 이유가 뭐냐고?
광자 이름이 너무 안 좋아서요.
전직 이름이 뭔데?
광자 광자. … 이광자.

전직, 웃는다.

전직 뭐 촌스럽긴 하지만 그렇다고 타박할 이름은 아닌데.
광자 아저씨. 내가 아저씨한테 그런 디테일까지 설명해야 되는지 모르겠고, 이거 아저씨한테 피해 가는 일 절대 아니에요 절대로.
전직 아무튼 이백으로는 일 시작이 안 돼. 뭐, 정 그러면 사백까진 일단 만들어보고. 그때 다시 찾아와요.

광자, 전직을 다시 세우고 현찰을 꺼낸다.

광자 아저씨 나 지금 장난하는 거 아니에요. 이거 현찰인데 이백. 호떡을 사드시든

딸내미를 갖다 주시든 그건 알아서 하시고 나머지는 한 달 안에 내가 무조건 드릴 테니까 일단 좀 시작해 주세요. 예? (애교를 부린다)

전직 … 나 이거 먹고 뽱 사라질 수도 있다.

광자 아저씨, 이거 내가 아저씨한테 주는 돈 아냐. 나한테 주는 돈이야. 서럽고 치사하게 살아온 나한테 이름 바꾸기 전에 조금만 참으라고.

전직, 자전거에서 내린다.

전직 진짜 이유가 뭐야? 내가 궁금해서 그래. 진짜.

광자 아저씬 말해줘도 몰라. 절대.

전직 한자가 이상해? 미칠 광?

광자 빛 광.

전직 빛 광. 좋쿠만 뭘. 빛나는 사람.

광자 그럼 아저씨나 하시든지.

전직 (사이) 여튼 이백으로는 안 돼.

다시 현찰을 내미는 전직.

전직 안 받아?

광자, 전직에게 애교를 다시 부린다.

전직 뭐하는 거야.

전직, 현찰을 바닥에 내던진다.

광자 아저씨. (주우며) 그럼 어떻게 하면 되는데요?

전직 뭐가?

광자 아저씨. 맘 움직이게 하는 거.

광자의 야릇한 분위기에 전직은 가지 못한다.

전직 ….

광자 아저씨, 같이 갈래요?

전직 어딜?

광자 (안장 위 엉덩이를 턱 짚으며) 잠깐 쉬자구요. 사는 게 너무 피곤하지 않아요?

전직 ….

광자 (나가며) 가요.

광자가 나가자 전직은 자신의 뒷목을 턱 잡는다.
자전거를 돌려 광자 뒤를 쫓는다.

제 3 장

현장복 상의 차림의 과장•이 마네킹을 턱 내려놓으며 나온다.

과장　광자요? 깨끗한 애였어요. (사이) 뭐… 다른 사람들이 뭐라 그러는데 그건 그 사람들 눈이 더러워서 그런 거고. 그런 정도 허물없는 사람이 어디 있습니까. 다 본인 마음에 안 드니까 그런 거지. 안 그래요? (사이) 그런 거 벗어버리고 참 깨끗한 애였어요. 잡티 하나 없는. 순수한.

과장이 손짓을 하자 무대가 전환된다. 사라지는 싱크홀.

과장　정말 열심히 살던 애였어요. 약간은 허황되기도 했고 그러다 바보같이 선을 넘어버리기도 했고…. 나랑 달랐어요. (사이) 예? 욕하라고 하세요. 전 그런 거 이제 안 무서워요.

과장, 나간다.

사이

동교네 집 앞. 오후. 안으로부터 연탄 나르는 소리.

모두(소리)　어이, 어이, 어이.

동교 부(소리)　동교야 몇 장 남았냐?

동교(소리)　석 장이요.

모두(소리)　하나, 둘, 셋, 넷.

동교, 동교 부, 동교 모, 스스로의 장난이 재밌다는 듯 웃으며 나온다. 얼굴들이 까맣다. 동교 부는 동교에게 봉투와 '200장'이라고 쓰인 '쿠폰'을 내민다.

동교 부　자, 이번 달 용돈 십만 원. 그러고 이건 월급. 연탄 이백 장. 쿠폰.

동교　(받으며) 감사합니다.

동교 모　(웃으며) 아니, 왜 백 장이 아니라 이백 장이에요?

동교 부　배달도 다 지가 혼자 하는데요?

동교　고맙습니다.

동교 부　그래, 이번 달은 누구야?

동교　저기 삼거리 신 씨 할머니하고 그 위에 정 씨 할머니요.

동교 부　거기는 저번 달에 안 했나?

동교　신 씨 할머니가 탄으로 술 사먹었대요.

동교 부　(웃으며) 참 내.

동교 모　그러니까 슈퍼집에서 탄을 안 시키지.

동교 부　뭘 또 그러니까예요. 거기 난로 하나 때는 데 탄이 얼마나 들어간다고. 그러고 노친네가 탄 들고 와서 라면 사가는데 그걸 어떡해. 슈퍼집도 방법 없지. (웃는다)

동교, '쿠폰'을 다시 동교 부에게 내민다.

동교　오늘 이백 장 다 가져갈게요.

동교 부　(받으며) 오늘 다?

동교 내일은 바쁘잖아요. (나가며) 실을게요.

동교 모 리어카 다 쓰고 체인 채워놓는 거 잊지 마라.

동교 예.

동교, 나간다. 동교가 나간 쪽을 흐뭇하게 바라보는 동교 부.

동교 모 그렇게 좋아요?

동교 부 (웃기만)

동교 모 (이해는 하지만 얄밉다는 듯) 당신은 왜 상의도 없이 월급을 올려요?

동교 부 그러면 쟤가 하는 일이 얼만데 달랑 연탄 백 장을 줘요?

동교 모 우리가 거저 줘요? 먹여주고 입혀주고 재워주잖아요. 거기다 용돈까지.

동교 부 새끼 먹이고 재우는 게 당연하죠.

동교 모 새끼가 될지 원수가 될지 누가 알아요?

동교 부 또, 또, 또 이래요. 또. (웃는다)

동교 모, 한숨을 보란 듯이 뱉으며

동교 모 내가 애 못 낳는 돌여자가 되서 당신 쟤 데려올 때 차마 말리진 못했지만, 그러고 당신도 나중에 늙으면 누가 이 일 하겠냐, 자식이라도 하나 있어야 힘 부칠 때 써먹지 그래서 눈 딱 감고 들였는데, 이렇게 월급이다 뭐다 해서 자꾸 줘 버릇하면 지금은 모르지만 쟤도 나중에 머릿속에 뭐가 생기면은 이백 장이 삼백 장 되고 삼백 장이

천 장 되는 거예요.

동교 부 잰 안 그래요. 유전자가. 몰라요? 재가 피씨방엘 다니길 해요? 아니면 친구들이 있어요? 그저 학교 다닐 때도 학교하고 집. 그거밖에 더 있어요. 보는 거라곤 겨우 신문밖에 없는데.

동교 모 그러니까 이상하다는 거죠.

동교 부 뭐가요?

동교 모 보통 애라면 어떻게 그래요.

동교 부 재가요, 수셈이 좀 느려서 그렇지 사람들 본심의 핵심을 탁 꿰뚫어 보는 눈이 있어요.

동교 모 몰라요. 난 이상해요. 아무리 정을 붙일려고 해도. 이상하게 요즘 애가 아닌 거 같고.

동교 부 요즘 애가 어떤 앤데요?

동교 모 몰라요. 아니 지가 뭔데 월급을 사람들한테 나눠줘요.

동교 부 사랑. 박애. 몰라요? 곧 있으면 권사 될 사람이.

동교 모 몰라요. 몰라요.

동교 부 얼른 밥 먹읍시다. 배고파요.

동교 부모, 사이좋게 쫓으며 들어간다. 동교가 다시 나온다. 고된지 숨을 내쉬고 어깨를 돌려보더니 주머니에서 받은 봉투를 꺼내본다. 십만 원. 기분이 좋은지 웃는다. 광자가 몸이 안 좋은지 허리를 웅크리고 그 앞을 지나간다.

동교 누나.

광자 아. 깜짝이야.

동교 (봉투 넣으며) 죄송해요. 어디 다녀오세요? 안 보이시던데. 며칠.

광자 (가소롭다는 듯) 내가 너한테 그것까지 보고해야 되니?

동교 죄송해요.

광자, 반지하 쪽으로 가려 한다.

동교 잠시만요.

광자 왜?

동교 드릴 게 있어요.

광자 우편물?

동교, 대답 없이 나간다.

광자 아….

광자는 골반이 아픈지 아래쪽을 짚는다. 동교가 파란 비닐봉지를 들고 나온다. 언제 그랬냐는 듯 다시 서는 광자.

동교 이거요.

광자 이게 뭔데?

동교 자반고등어요.

광자 고등어를 왜?

동교 누나 드시라구요.

광자 (같잖다) 너 내가 고양이로 보이니?

동교 그게 아니라 이거 요 밑에 시장에 아줌마가 준 건데요. 그러니까 그 아줌마가 요 위에 할머니들한테 그 연탄 나눔 하는 거 있잖아요.

	그게 원래 돈으로 해야 되는데 장사가 안 되서 오늘은 고등어로 한다고 제일 좋은 걸로 줬어요.
광자	그래서 그 아줌마 낼 돈 나보고 대신 내라고?
동교	그럼 좋고.

광자, 그냥 가려 한다.

동교	가 아니고 그냥 드시라구요.
광자	너 내가 불쌍해 보이니? 너네 집 반지하에 산다고?
동교	그게 아니라 맨날 밥 잘 안 먹잖아요. 이거 구워서 먹으면 입맛 돌아요. 월급 받아서 그래요. 제가. 오천 원. 제가 내면 되요.
광자	(웃음) 돌아버리겠다. 진짜.

광자, 다시 골반이 아프다.

광자	아.
동교	왜요? 어디 아프세요?
광자	(버럭) 야. 이 까만 새끼야. 이 시꺼먼 새끼야.
동교	…?
광자	너도 내가 불쌍하니?
동교	….
광자	너도 내가 불쌍해 보이냐구?!

사이

동교 자신의 얼굴을 문질러본다. 더 까매진다.

광자 너 니가 지금 무슨 일을 하는진 모르겠는데 날 끌어들이진 마.
동교 왜요?
광자 같잖으니까.
동교 뭐가요?
광자 마지막으로 얘기할게. 너 지금 니가 하는 일이 뭔 거 같애?
동교 그냥… 서로 다 같이 잘 살려고….
광자 나눔? 기부? 그런 거?
동교 (웃으며) 예? 제가 무슨….
광자 삽질하지 마 새끼야.
동교 저 그런 거 아니에요….
광자 그런 거 아니면 왜 남한테 피해를 줘?
동교 제가 누나 피해 줬어요?
광자 불편하잖아.
동교 … 죄송해요.
광자 얘기야. 너 가난이 뭔 줄 알아?
동교 ….
광자 니가 아니라 너 옆 사람이 불편한 거야. 응?
동교 ….
광자 니 부모. 니 친구. 니 형제. 니 이웃. 너랑 관계되어 있는 사람들 다. 그래, 물론 나는 너랑 관계돼 있지도 않지만 그리고 이건 좀 다른 경우긴 하지만…. 그 생선장사 아줌마, 너한테 고등어 줬다는. 그 아줌마 옆에 다른 장사하는 아줌마 있어, 없어?
동교 있어요.

광자　　그 아줌마는 기부해, 안 해?
동교　　안 하는데….
광자　　그럼 그 아줌마는 기분이 어떨 거 같애?
동교　　그냥 아무렇지도 않아 보이던데….
광자　　니가 그 아줌마 속 들여다봤어?
동교　　아뇨.
광자　　그 아줌마는 생선장사 아줌마보다 열 배는 더 기부하고 싶어 해. 똑같이 장사하는데 어떤 년은 나눔 한다고 지랄을 하는데 자기는 고등어 한 마리를 못 내놓는 그 마음. 그걸 니가 알아?
동교　　그럼 하면 되잖아요?
광자　　말을 말자. 내가 병신이야.
동교　　누나 병신 아니에요. (웃으며) 누나는 예뻐요.

사이
광자, 어처구니가 없다.

광자　　야 이 좆만 한 새끼야. 너 어떻게. 나 보니까 막 꼴리냐. 어떻게. 한 번 하고 싶냐. 이 씨발놈아.

사이

동교　　저도 다 생각 있어요. 협동조합 만들려구요. 스페인엔 그런 데가 있대요. 몬드라곤. 케이비에스에서 그랬어요. 협동조합은 그런 어려운 사람들끼리 그 어려움을 나누면서 장사하는 거래요.

광자 그럼 스페인 가. 빙신아.
동교 그런 세상이 됐으면 좋겠어요.
광자 그런 세상은 절대 안 돼. 왜? (사이)
너 사람이 다 똑같아 보이지만 절대
똑같지가 않다고 이 빙신아.
동교 아녜요. 아닐 거예요.
광자 알았어. 말을 말자.
동교 똑같아요. 사람은 다…. 아는 선생님이
그랬어요. 가난은 틀어진 팔꿈치가 아니라
그게 신경 쓰이는 마음•이래요.

사이

광자 그래, 그래. … 너는 그러다가 나중에….
됐다. 삽질을 하든 말든….
동교 나중에 뭐요?
광자 아.

광자, 다시 아프다.

동교 진짜 괜찮아요?

광자, 한숨을 쉬더니 시계를 보고 다시 나간다.

동교 병원 가게요? 데려다 드려요?
광자 꺼져.

광자, 나간다. 동교, 고등어 봉지를 들어 보이며

동교 고등어. 이거는 누나 집 앞에 덮어둘게요.

제 4 장

병원

의사(소리)　　이광자 씨.

의사와 광자가 나와 마주 선다.

의사　　뭐. 자궁질환 같은 거는 아니네요.

광자는 한숨을 휴 쉰다.

의사　　그런데 밥 잘 안 드시죠? 하기야 젊은 아가씨들 다 그렇죠 뭐. 여튼 이게 골연화증이라고 보통은 비타민 디가 부족해서 생기는 건데 주사 좀 맞으면 돼요. 십삼만 원이오. 세 번 정도요. 비타민제나 영양제 이런 거 챙겨 드셔도 되고요…. 아니면 등 푸른 생선, 계란 노른자, 버섯. 보통 이렇게 얘기하는데 지겹죠? 술, 담배, 스트레스 받지 마라. 맞아요. 나도 그래요. 근데 해요. 현대의학이 그 정도니까. (사이) 아가씨. 햇빛 많이 쬐요.

광자　　네? 햇빛이오?

의사　　네. 골연화증 환자는 충분한 햇빛을 쬐야 돼요. 햇빛이 비타민 디를 만든대요.

그러고 햇빛 많이 쬐이면 좋잖아요. 밝은 생각 들고요. 자기 몸은 자기가 챙겨야지요. 미모는 나중이고요.

의사, 나간다.

광자 (햇빛에 손을 내며) 햇빛? 비타민 디? …. 와우.

광자, 나간다.

제 5 장

어딘가 붕대를 한 동교 모가 나온다. 아까 그 동교 모다.

동교 모　　그 아가씨요? 아, 몰라요. 난 몰라. 아무것도 몰라요. (사이) 젊은 아가씨들 그러는 거…. 시대가 바뀌고 취향이 바뀌어서 그런 건데…. 다 자기 나름대로 삶이 있는 거 아녜요? 여튼 난 이제 다 잊었어. (사이) 아구구… 근데요 하나님은 다 보세요. 다 알고 계세요. 저 위에서.

음악
광자가 그녀의 방에서 핫팬츠 차림으로 그 음악에 맞춰 춤을 추고 있다. 아까 그 과장이 팬티 바람으로 이를 보고 있다. 흔한 아이돌의 뇌쇄적인 춤을 따라하는 듯 잘 추지는 못하지만 열심이다. 춤이 끝난다.

과장　　(박수)

광자, 숨을 몰아쉬며 수건을 들고 화장실로 가려 한다.

과장　　(광자의 손을 낚아채며) 아니야. 그대로 있어 봐. 지금 그대로.

과장는 헐떡이는 광자의 손을 끌고 침대로 이끈다.
광자, 이끌려 간다. 과장, 옷을 벗는다. 광자, 이를 받는다.

어두워진다. 어둠 속에서 남녀의 교성이 들려온다.
사이
밝아지면 광자가 카메라를 보고 있다. 신음 소리는 아까 그들의 정사인 듯하다. 광자가 그것을 몰래 찍은 것 같다.
화장실에서 샤워하는 물소리가 그친다.
광자, 재빨리 카메라를 숨긴다. 과장이 욕실에서 나온다.
머리를 털며 지갑에서 수표를 꺼내 바닥에 놓는다.

과장 여기.

광자, 수표를 집어들어 뽀뽀하며

광자 고맙습니다.

광자, 수표를 소중히 챙겨 넣는다. 과장에게 전화가 온다.

과장 (광자에게 쉿 표시를 하며) 잠깐. (전화를 받는다) 어. 거의 다 끝났어. 아냐. 아냐. 오늘은 그냥 들어갈 거야. 예진인 자지? 응. 그래. 알았어. 이따 봐.

과장, 전화를 끊는다. 양복을 입는다.

과장 질문이 좀 그러냐? 그렇게 돈 모아서 뭐할라구 그래? 집도 사고 차도 사고 옷도 사고 그런 거? 갖다 바칠 사람도 없대매?
광자 이렇게 이걸(수표) 잘 모아서 잘 접어가지구 방탄조끼 만들라구.
과장 히. 히. 히히.
광자 왜?

과장　　(상상 속 가슴을 만지며) 방탄 부라자….
　　그 안에….
광자　　변태 새끼.
과장　　(버럭) 또 오바한다.

정색하는 과장의 태도가 무섭다. 광자, 정중해진다.

광자　　죄송합니다….
과장　　… 그래. 그런 게 좋아. 넌. 언제나.
　　넘지 않는 선.
광자　　….

과장, 담배를 피워 문다.

과장　　미안하다. 자꾸 처녀 방에 와서 담배 펴서.
　　근데 어떡해. 맛있는데. 댄싱 인 더 다크.
광자　　옙.

광자, 휴대전화로 음악을 튼다. '댄싱 인 더 다크'가 낮게 퍼진다. 과장, 한동안 듣다가

과장　　나는 죽을 때 이 노래를 들을 거야.
　　어둠 속에서 춤을 추면서 말이야.

과장, 담배를 물고 낮게 춤까지 춘다. 광자, 휴대전화 속 앨범 재킷을 본다.

광자　　어, 이거 아까 그 노래랑 재킷 사진이
　　비슷하네.
과장　　맞어.

광자　　그래서 그 노래 춤춰 달랬던 거야?

과장　　미국은 말이야. 뒤태야. 성조기 딱 벽에 붙여놓고 청바지 입고 뒷모습으로 춤추고, 그게 미국이야. 이렇게. 카우보이도. 아가씨도. 뒤태. 그게 없어. 우리나라는.

광자　　그렇게 미국이 좋으면 아예 거기서 살지. 백인도 만나고.

과장　　바보. 미국은 미국에 없지. 미국은 이 머릿속에 있지. 시뮬라시옹.

광자　　응?

과장　　시뮬라시옹.

광자　　시불라송?

과장, 광자가 귀엽다는 듯 머리를 콩 때리며

과장　　너. 전쟁이 나면 어떻게 되는지 알아? 티브이에서 전쟁이 나오지. 포탄이 떨어지고 쿠구…. 근데 그게 티브이에서 나오니까 그냥 영화 같아. 영화 속에서 일어난 전쟁 같다고. (사이) 우리 사는 것도 그렇다고.

광자, 그런 말을 하는 과장이 멋있어 보인다.

광자　　디자인 공부했다 그랬죠? 그거 공부할려면 어떡하면 되는데?

과장　　해서 뭐할라구? 돈 많은 놈들 옷 만들어주게?

광자　　꼭 그런 식으로 말하드라.

과장　　디자인은 없어. 나는. 베끼는 거야. 시키는

대로. 그게 나야. 하하.

광자 그럼 뭐가 안 베끼는 건데?

과장 바로 너. 광자. 넌 카피할 수가 없어. 넌 고유해. 할 수 있다면 내가 가장 카피하고 싶은 건 너야.

광자 왜?

과장 넌 때묻지 않았으니까.

광자 흠… 흠….

쑥스러운 광자

광자 (못 참고) 아. 존나 웃겨.

과장 또 그런 말 쓴다. 애들처럼.

광자 그럼 존나 웃긴 걸 존나 웃기다 그러지. 뭐 씹나 웃겨 그래?

과장 또. (광자 조용) 광자야. 그런 말 쓰지 말고 진짜 너만이 쓸 수 있는 말을 쓰라니까.

광자 그럼 찾아줘봐. 디자이너가.

과장 니가 찾아봐. 인마. 난 내 걸 찾았으니까.

광자 뭐?

과장 아까 말했잖아. 댄싱 인 더 다크. 내 죽음의 음악. 내 죽음의 의식.

사이

과장 어찌 됐든 죽게 될 때 이 음악을 틀 거야.

광자 모르겠어. 가끔은… 내가 과장님을 진짜… 좋아하는 건지도 모르겠다는 생각이 들어.

광자, 고개를 숙인다.

과장 (웃기다는 듯) 거짓말 하지 마. 니가 좋아하는 건. 내 돈하고. 내 지위. 그리고 내 머릿속에 든 허영으로서의 디자인. 난 너에게 돈을 주고 넌 나에게 춤을 준다. 그게 우리 관계다. 안 그래?

광자 (마음을 감추며) 아 씨 들켰네.

과장 기다려야지. 세상 것들이 좋아하는 그런 것에 맞추지 말고. 그럼 너 분명히 갖게 될 거야.

광자 무슨 근거로?

과장 넌 좋아. 이름이. 광자.

광자 난 싫어. 매니저•됐는데 이름이 이광자면 그 브랜드에서 옷을 사고 싶겠어? 씨발.

과장 니 걸 하래니까.

광자 (욕처럼) 광좌. 광좌. 광좌.

과장 그렇지. 그렇게. 부탁인데 내가 죽으면 내 장례식장에 와서 다 엎어줘. 그렇게 하면서. 광좌 광좌 하면서. 니들은 다 속았다. 속고 살았다. 씨발놈들아. 그러면서.

광자 그럼 나 빨리 매니저 시켜줘.

과장 기다려 보라니까 그건 좀.

광자 둘째 때문에 그래? 걔는 경력만 오래됐지 안 돼. 걔는 만년 둘째야. 헐뜯고 뒷담화 까는 게 걔 인생이라구.

제 6 장

본사 어딘가
윗선•, 나온다.

윗선 　　아. 이광자 씨요…. (사이) 다른 건 모르겠고 일처리가 아주 깔끔하고 특히, 근태•가 아주 성실한 직원이었습니다. (사이) 아… 근무태도. 일의 체계를 잘 이해하고 특히나 신장•갱신이 눈에 띄게 탁월한 직원이었습니다. (사이) 아… 전년 매출 비교 같은 겁니다. 그리고 업무에 대한 정확한 분석하구 실행력도 있구요. (사이) 네, 물론이죠. 그 이유였습니다. (사이) 네. 시스템 안에서 윤리경영을 실천한다는 거 쉬운 문제 아닙니다. 조금씩 조금씩 점진적으로 지속적으로 해나가야 됩니다. 네. 점점 나아지고 있지요. 곧 자리 잡힐 거라고 생각합니다.

윗선, 들어간다.
백화점 매장
유니폼 입은 둘째•가 손님을 케어 하고 있다.

둘째 　　고객님, 그럼 이건 어떠세요? 이건 훨씬 좀 러블리하고 여성스럽죠. 이게 밑단 프릴 장식이 딱 포인트로만 과하지 않게 들어가서 고객님 입으시면 정말 큐티해 보이실 것 같아요. 와, 고객님하고 진짜 잘 어울릴 것 같다. 한번 입어보시겠어요? 고객님 너무 훌륭하세요. 이게 단품으로만 입어도 예쁘지만 여기다가 고객님 가지고 계신 어떤 아우터하고 매치해도 정말 예뻐요.

손님 근데 색상이 너무 튀지 않아요?

둘째 아, 고객님 피부가 지금 워낙 부드러운 웜톤이시거든요. 그래서 이렇게 보랏빛을 입으시면 고객님 피부가 훨씬 돋보여요.

손님 그렇게 보여요?

둘째 그럼요, 고객님.

손님 그럼. 한번 줘봐요.

둘째 네. 고객님. 그럼 새 상품으로 준비해드리겠습니다. 잠시만요.

둘째, 나간다. 손님, 자신이 본 마네킹 앞에서

손님 진짜 큐트하나?

하며 몸매를 재본다. 그런데 영 자신이 없다. 고른 옷을 내려놓는다. 이때 광자, 들어오다 이를 본다.

광자 고객님, 핏이 너무 좋으세요.

손님 네?

광자 지금 피팅 해보신 옷이오.

손님 저… 이거 입고 온 건데.

광자 예? 아… (웃는다) 아니 저는 저희 브랜드 옷 입어보신 줄 알고 착각했어요.

아, 죄송합니다.

손님 괜찮아요.

광자 고객님, 근데 너무 잘 어울리세요.
이런 스타일 옷 어울리는 분이 흔치가
않거든요.

손님, 천천히 다른 옷을 골라보다가

손님 그렇게 잘 어울려요?

광자 네, 그럼요. 고객님이 워낙 비율이
좋으셔서 어떤 스타일도 다 잘 어울리실
것 같은데 특히 이런 스타일 옷이 고객님
체형을 더 돋보이게 해주는 것 같아요.
아, 진짜 감각 탁월하시다.

손님 감각?

광자 아. 저희한테도 이런 스타일로 런칭된 게
몇 개 있거든요. 한번 봐주실래요? 제가
고객님 의견을 듣고 싶어서요.

손님 그래요? 그럼 한번 줘봐요.

광자 이쪽으로 오세요. 고객님 이쪽입니다.

광자, 손님을 데리고 무대 한쪽으로 사라진다. 둘째가 옷을 들고 나온다. 그러나 손님이 없다. 이때 광자 쪽에서 카드 긁는 소리가 난다. 광자와 손님, 웃으며 나온다.

광자 감사합니다, 고객님. 즐거운 하루 되세요.

손님 네.

둘째 고객님 기다리게 해서 죄송합니다. 이것….

손님 미안해요. 이거 살게요.

손님, 광자가 권한 물건을 들고 나간다.

광자 어머. 어떡하지. 언니, 죄송해요,
저 몰랐어요. 죄송합니다.

둘째 뭐니. 내가 삼십 분 동안 케어 했는데.

음악과 함께 방송이 나온다. 백화점의 일상적인 서비스 훈련 프로그램인 듯하다. 두 사람, 매대 옆으로 정렬한다.

방송(소리) 반갑습니다. 오늘도 저희 신한백화점을
찾아주신 고객 분들께 진심으로
감사드립니다. 저희 전 직원들은 언제나
최고의 상품과 친절한 서비스로
보답해드릴 것을 약속 드립니다.
현재 매장이 매우 혼잡하오니 소지하고
계신 지갑, 핸드백, 귀중품 등이 도난이나
분실될 위험이 있습니다.
고객 여러분께서는 개인 소지품 관리에
각별히 유의해 주시기 바라며,
저희 백화점에서 즐겁고 유익한 시간
보내시기 바랍니다. 고맙습니다.

광자와 둘째, 방송 중간 중간에 인사를 한다. 광자는 밝게 웃으며 인사하는 반면 둘째는 가볍게 미소로 인사한다.

광자·둘째 어서 오십시오. 반갑습니다.
어서 오십시오. 반갑습니다.

둘이 스친다.

둘째 (낮게) 아… 싸구려 냄새. 어디서 이렇게 아울렛 냄새가 나니?

광자 어서 오십시오.

둘째 고객 새치기도 버릇인가. 막내가 위아래도 없이. 그렇지 출신은 못 바꾸는 법이지. 어디 가겠니. 그 버릇. 아, 냄새.

광자 그래서 언닌 실적이 그래요?

둘째 그래서 넌 자꾸 그렇게 계산이 안 맞니? 도대체 얼마나 해먹는 거야? 해도 정도껏 해야지. 원.

광자 그거 아니어도 제가 더 많거든요.

둘째 그래서 왜 이번에 매니저까지 해보시겠다? 자리 비었으니까? 그게 니 맘대로 될까?

광자 사돈 남말 하시네.

둘째 … 내가 너랑 어떻게 사돈이야? 출신부터가 다른데.

광자 그래서 맨날 태닝에 내일은 발롱펌?

둘째 여긴 백화점이야. 옷을 파는 데가 아니라 패션을 파는 곳.

광자 지랄하고 있네.

둘째, 갑작스러운 광자의 돌변에 놀란다.

둘째 대박.

광자 (웃으며) 네, 어서 오십시오.

둘, 여전히 통로를 향하고 있다.

광자 너 나랑 동갑이라매? 근데 이 년을 속여? 그게 니 스타일이니? 전문대 스타일?

둘째　　안녕하십니까.

광자　　정신 차려. 넌 옷 파는 년이야.
옷 사는 년이 아니라. 본사에서 그런 거
모를 거 같애?

둘째　　광자야. 너 이름답게 논다?

광자　　뭐?

둘째　　광자. 미친년이라고. 왜 물게? 광견처럼?

지나는 손님을 보고

둘째　　(웃으며) 안녕하십니까. 어서 오십시오.

광자, 얼어붙는다. 방송이 끝난다.

둘째　　안 그럼 비광이야? 아버지가 화투를
잘 쳤나부지.

물류•가 들어온다.

둘째　　어머. 오빠. 수고했어. 오빠, 우리 커피
한잔 뜰까?

물류　　왜 이래. 갑자기.

둘째　　내가 뭘. 나야 오빠라면 늘 환영이지. 커피
한잔 뜨자.

물류　　이거 체크하고.

둘째　　오케이, 그럼 먼저 가 있을게. 막내야,
나 티•.

둘째, 나간다.

물류 왜 저래? 아는 척도 안 하다가.

광자 ….

물류 간신히 여벌, 세 벌 더 넣었어. 자기 꺼 두 벌. 재 꺼 한 벌. 그리구 단가도 자기께 더 쎄. 조심히 잘 써…. 알잖아 옆 매장에서 빼돌린 거 에스엠•한테 걸려서 난리 난 거. 갈수록 어려워. 본사 규칙도 엄해지고.

서류를 보이며

물류 안 봐?

광자, 서류에 사인한다.

광자 고마워.

광자, 무뚝뚝히 매장을 정리한다. 물류, 광자를 따라다닌다.

물류 오늘은 진짜 술 한잔하자.

광자 안 돼. 몸이 안 좋아.

물류 이번엔 또 어디?

광자 어서 오십시오.

물류 정말 왜 그래?

광자 어서 오십시오. 고객님.

물류 벌써 몇 달째니? 같이 있어본 게. 전화도 안 받고?

광자 이러지 마.

물류 최선을 다한다고. 나는.

광자 오빠.

물류 …．

광자 오빤 이광자가 그르케 좋아?

물류 뭐야. 갑자기.

광자 조심해. 내 이름엔 어떤 저주가 있어. 나 좋아하면 오빠도 망할꺼야.

물류 …．

광자 그리고 나 이름 바꿀거야. 아영으로. 이아영.

물류 왜 그르냐, 갑자기?

광자 왜? 싫어?

물류 난 다 좋아. 광자든. 아영이든. 장미가 이름이 바뀐다고 그 향기가 날라가냐?

광자 그래 향.기.는 좋겠지. 근데 그게 돈이 얼마 드는 줄 알아?

물류 뭐가?

광자 이름 바꾸는 거.

물류 한…．

광자 칠백.

물류 뭐? 왜?

광자 오빠 내가 사연이 있거든. 나 학교 다닐 때 어떤 논다는 년이 있었는데 그년이 날 자꾸 미친년이라고 부르더라구. 내가 옆에만 있어도 재수가 없대. 그래서 내가 면도칼로 그어버렸어. 그런 내가 그걸 언제 모아? 기본급 백이십에 인센•해봐야 오십인데. 오빠가 도와주는 거 합쳐도 이백이 안 돼. 그럼, 세 내고 세금 내고 밥 사먹고 거기다 빚진 거…．

물류 괜찮아. 나는.

광자 괜찮겠지. 지금은.

물류　　그건 이따 얘기를 해보자.
광자　　얘기하면 답 나와?
물류　　….
광자　　내 이름엔 어떤 저주가 있어.
물류　　걱정 마. 그 저주 내가 걷을 테니까.

둘째가 과장과 함께 나타난다.

물류　　안녕하십니까.
과장　　아직 체크 덜 끝났어요?

물류, 눈치 보며 나간다.

과장　　매출장부하고 재고장부 가져와 보세요.
　　　　자꾸 뭐가 안 맞는다는데.
광자　　네?
과장　　방금 누가 쉬었죠?
둘째　　… 제가요.
과장　　혜리 씨는 매장 보시고 광자 씨
　　　　잠깐 후방•으로 오세요.
광자　　네?

과장, 나간다. 광자, 둘째를 본다.

제 7 장

손님, 나온다. 옷은 달라졌지만 아까 그 손님이다.

손님　　이광자? (사이) 몰라요. 제가 그 여자를 어떻게 기억해요? 다 유니폼도 똑같고 그런데… (사이) 백화점에 사람 보러 오는 사람이 어딨어요. 다 물건 보러 오는 거지. (사이) 아니 왜 한 번 들른 백화점 아가씨를 저한테 묻는 건데요? 기가 막히네. 자본주의 사회 아니에요? (사이) 감정노동자요? 대박. 참. 제가 무식해서 그런지 잘 모르겠는데. 여튼 기억이 안 나요. 저는.

손님, 나간다.
백화점 후방. 과장과 광자

과장　　너무 심하게 하지 마. 탈 나.
광자　　둘째가 그래요?
과장　　뭐가 됐든.
광자　　똑같이 해요. 걔도. 나보다 해먹는 게 적어서 그렇지.
과장　　그 정돈 애교잖아. 넌 선을 넘고 있어. 왜 그래 요새? 인사가 만사야.
광자　　….
과장　　너 매니저 할려면 그게 필수야.

광자, 갑자기 과장에게 달려들어 뽀뽀한다. 한쪽에 둘째가 나타난다. 그 모습을 본다. 놀란다. 사라진다.

광자 소식 있어요?
과장 (뿌리치면서도) 아직 몰라.
광자 나 연습하고 있어.
과장 뭘?
광자 댄싱 인 더 다크. 나도 그 노래가 계속 맴돈다. 출근할 때도 계속 그 노래만 들어. 어디까지 했는지 보여주까?
과장 하지 마.
광자 이렇게 뒤로 서서….

광자, 벽을 잡고 연습한 춤을 춰 보인다.

과장 하지 마.

그러나 광자의 춤은 계속된다. 과장도 시선을 떼지 못한다. 광자, 갑자기

광자 아.
과장 왜 그래?
광자 아….

광자, 다시 골반이 아프다. 무릎이 꿇린다.

제 8 장

동교네 집. 오후
동교, 동교 부, 동교 모, 기자, 구청 공무원, 사진.
분위기가 왁자하다. 신 씨 할머니가 멀찍이서
이를 구경하고 있다.

기자　　그럼, 정리해 볼게요. 그러니까 한 달에 오천 원씩 내놓는 데가 이십오 구좌. 거기다 특별히 내놓는 사람이 더 있고, 그럼 연탄으로 총 삼백오십 장 정도고, 동교가 알바비로 받는 이백 장. 합쳐서 총 오백오십 장 정도. 도와주는 집은 한 달씩 건너뛰면 한 스무 가구 된다 이거죠?

동교　　… 예.

기자　　(부모에게) 입양한 지는 얼마나 되셨어요?

동교 부　　애가 초등학교 이 학년 때였으니까.

동교 모　　열 살이오. 학교를 일 년 늦게 들어갔다고 그랬어요. 고아원에서.

기자　　이름은 새로 지어주셨나요?

동교 부　　아뇨. 원래 갖고 있던 이름. 성만 저를 따랐어요. 최.

동교　　최.

신 씨 할머니, 멀리서 이를 보고 손뼉을 친다.

기자 네. 됐습니다.
구청 헤드라인이 뭐가 될까요?
기자 글쎄요. 이 시대 또 다른 청년의 얼굴…
정도지 않을까요?

구청, 웃으며 고개를 끄덕거린다.

기자 자. 마지막으로 사진 한 장 찍을까요?
구청 찍으세요. 찍으세요.
기자 같이 찍을까요 부모님도?

동교 부모, 한사코 뺀다. 찍으라는 성화와 괜찮다는 거부에 웃고 난리다. 무마되고 동교 혼자 찍는다.

사진 좀 웃어볼래? 티브이에서 봤지? 자, 웃어.

찍힌다. 모두 박수.

기자 네. 고맙습니다.
구청 고맙습니다.

기자들 나가고 구청 공무원이 뒤따른다.

동교 모 (구청을 잡으며) 무슨 일이에요?
동교 부 좋은 일이래잖아요.
동교 모 좋은 일 무슨 일?
구청 … 이게요 지금 구청장님도 알아요.

사이
동교 모, 놀라 입이 다물어지지 않는다.

동교 모　　그래서요?
구청　　　구청장님이 좋은 일이다. 참 좋은 일이다.
동교 모　　그래서 뭐 상장 같은 거 주나?
구청　　　그게 아니라요, 구청장님이 이거는
애 혼자 할 일이 아니다. 구 차원에서
해야 된다. 더 장려하는 방법이 있으면
찾아봐라. 그래서 연탄 기부 독려사업을
해라.
동교 부모　아아.
구청　　　그래서 그동안 시장 상인들 조금씩 연탄
나눔 했던 거 뭐 고등어도 내놓고
고무줄도 내놓고 세탁소에서는 그냥
한 달에 딱 딱 백 장씩 했다
그러더라구요.
동교　　　맞아요.
구청　　　좌우지간 그거만큼은 아니어도 전통시장
상품권을 줘라. 그 기부한 사람들한테.
동교 부모　아아.
구청　　　그러면 시장 활성화도 되고 연탄 나눔도
늘어나고 일거양득 아니냐.
동교 부　　아.
동교 모　　우리는 더 했는데.
구청　　　좌우지간 그건 보면 알고, 그 기부한
사람들 많이 있을 거 아닙니까. 근데 얘가
그걸 다 알고 있다네. 그렇지?
동교　　　예….

동교, 갑자기 무슨 불길한 생각이 들었는지 목소리가 낮아진다.

구청　　그래서 그거 괜히 나중에 악용될 소지도 있고 그러니까 추진위원회랄까 그런 걸 구성하는데, 얘가 거기 들어갈 가능성이 상당히 높아요.

동교 모　　얘가요?

구청　　구청장님이. 이권 그런 거 없이 해라.

동교 부　　그럼.

구청　　그럴려면 얘처럼 맑은 애가 해야 되지 않겠느냐.

동교 모　　얘 아직 어린데.

구청　　어리니까.

동교 모　　우리가 보호잔데.

구청　　여튼 그런 얘기가 있다구요. 확정된 건 아니고. 나 가요.

동교 모　　그게 언제쯤 나는데요?

구청　　몰라요. 좀 있어 봐요. 기사 나오면 제가 한 번 더 들를게요.

구청 공무원, 나간다. 동교 부모, 멍하니 웃는다.

동교 모　　참… 별일이 다 있네요.

동교 부　　거봐요. 동교야, 잘했다.

동교　　… 에 ….

동교 모　　우리가 그동안 연탄기부를 몇 장이나 했지요?

동교 부　　그게 얼마 되겠어요.

동교 모　　아니죠. 우리가 젤 먼저 했죠. 얘가 다섯 장, 열 장, 그런 거 재작년부터니까.

동교 부　　다는 아니래잖아요.

동교 모　　그러구 위원회… 그게 무슨 자린가요?
　　　　　심사하고 그런 거?

동교　　　… 전 잘 모르겠어요….

동교 모　　그럼 취직도 되고 그런 건가요?

동교　　　잘 모르겠어요…. 잠깐 나갔다 올게요.

동교, 나간다. 신 씨 할머니, 지나가는 동교를 애써 붙잡아 쓰다듬는다. 이를 웃으며 바라보는 동교 부모. 문득 불편한 동교, 나간다.

동교 부　　왜 애한테 자꾸 그래요? 한두 살도
　　　　　아닌데.

동교 모　　우리 일이니까요.

동교 부　　참 내, 언제는 또. 거봐요. 내가 잘 될
　　　　　거라고 그랬죠. 아. 소주 생각난다.
　　　　　재가 술을 했었나요?

동교 모　　어린 애가 뭔 술을 해요.

동교 부　　왜, 열아홉이나 됐는데. 차려 봐요. 오늘.
　　　　　내가 오늘 술을 제대로 가르쳐야지.

동교 모　　근데 그 상품권이 돌면 여튼 연탄이 계속
　　　　　나가는 거잖아요?

동교 부　　그렇겠죠.

동교 모　　그걸 재가 심사를 한다?

동교 부　　뭐 맛있는 것 좀 해봐요.

동교 모　　근데 그 심사는 당신 같은 사람이 해야
　　　　　되는 거 아닌가요?

동교 부　　뭘….

동교 모　　아니 언제까지 탄 배달할 거예요. 허리도
　　　　　아프담서.

두 사람, 웃으며 들어가고 신 씨 할머니, 흐뭇하게 웃으며 그쪽을 쳐다보다 문득 멈춰 선다. 잠시··· 무슨 생각을 하는지 머리를 굴리는 신 씨 할머니. 천천히 나간다.

제 9 장

늦은 오후 해질녘
광자가 브라와 반바지 차림으로 방에서 햇빛을 쏘인다.
지는 해의 햇빛을 온 몸 구석구석 바른다. 마치 씻기라도
하는 듯이. 해가 점점 멀어져 간다. 따라가는 광자.
햇빛 사라진다. 문득 광자, 운다.
사이
이때, 밖에서 문 두드리는 소리.

동교 (밖에서) 누나. 누나.
광자 (놀라 추스르며) 누구세요?
동교 저예요. 동교.
광자 왜?
동교 저 좀 숨겨주세요.
광자 왜, 이 새끼야.
동교 잠깐이면 돼요.
광자 안 꺼져.
동교 제발요… 제발요….

동교의 목소리, 급하다. 광자, 갈등하다 옷을 입고
문을 열어준다. 신발을 들고 들어오는 동교.

광자 아 깜짝이야. 야, 너 얼굴 좀 씻고 다녀.
깜짝 놀랐잖아.
동교 … 죄송해요. 잠깐이면 돼요. 잠깐이면….

사이

동교　　신발 좀….

광자, 욕실을 가리킨다. 동교, 욕실에 신발을 둔다.
갑작스런 상황에 멈춰서는 둘.

동교　　… 여기 있으면 제일 모를 것 같아서요.
광자　　누가?
동교　　있어요….
광자　　너 사고 쳤지?
동교　　사고 안 쳤어요.
광자　　거봐. 내가 이럴 줄 알았어. 너 삽질 땜에 그렇지?
동교　　….
광자　　사람이 그렇지?
동교　　누나. 뭐하고 있었어요?
광자　　… 태닝.
동교　　지는 해에요?
광자　　지는 해도 해야. 새끼야.

사이

광자　　언제 나갈 건데?
동교　　금방 해 지면요. 그럼 제가 잘 안 보이잖아요. 해 지면 나갈게요.

사이
광자, 담배를 꺼낸다.

동교 담배 피우지 마세요. 건강에 안 좋아요.

광자, 어처구니가 없다.

광자 니가 그걸 지금 말할 처지니?
여기 내 집이야. 나가 인마.
동교 아니에요. 피우세요.

사이

동교 그거 피우면 어때요?
광자 ….
동교 답이 나와요? 어떻게 해야 되는지?
광자 ….

광자, 담배를 내민다.

동교 아녜요. 죄송해요.

사이

동교 구청에 가서 무슨 심사를 해야 된대요.
제가.
광자 무슨 심사?
동교 연탄 나눔요. 구청에서 그동안 참여한
사람들한테 상품권을 준대요.
광자 그걸 니가 왜 심사해?
동교 몰라요. 모르겠어요. 어머니가 자꾸 그걸
하래요.
광자 그래서 도망쳤어?

동교　　　그게 아니라….
광자　　　참 내 지랄들을 한다. 연탄 갖고.

광자, 낄낄낄 웃는다. 웃음이 멈춰지질 않는다.

광자　　　(끅끅거리며) 뭐 구멍 하나에 사연 하나씩이니?

광자, 더 웃는다.

동교　　　많이 기부한 사람들한테 상품권을 많이 준대요. 그래서 누가 얼마나 더 기부했는지 심사하래요. 저한테. 누가 더 착한지, 안 착한지 그래서 못할 거 같다고 그러니까, 어머니가 그럼 너는 우리 연탄 … 아니 우리 식구 아니냐? 그래요. 근데 평소엔 안 그러던 아버지가 사람을 돕는 것도 결국 다시 수셈으로 이루어진다. 남자는 기회가 있을 때 자라는 거다. 안 그러면 평생 남 밑이다. 그러면서 아버지가 술을 가르쳐 줄라고 그랬거든요. 오늘.
광자　　　그래서 먹었어?
동교　　　아뇨.
광자　　　왜?
동교　　　그거 먹으면 진짜 그렇게 해야 될 거 같아서요.
광자　　　그래서 도망친 거야? 술 안 먹겠다고?
동교　　　네….

광자, 당황한다.

광자 어떡하지? (사이) 얘기야, 술, 담배 이런 거는 아주 오래된 기호식품이야. 연탄은 이 몸이 따뜻한 걸 나누는 거지만 술, 담배는 마음이 따뜻한 걸 나누는 거야.

동교 ⋯.

광자 얘, 진짜 이상하네. 연탄은 나누면서 술, 담배는 왜 못하니?

동교 못하는 게 아니라 그걸 하면 진짜로 그렇게 들어줘야 될 거 같아서요.

광자 들어주면 되는 거지. 다 그렇게 들어주면서 사는 거야. 너 내가 그랬지. 가난하면 불편한 건 너랑 관계돼 있는 사람이라고. 그게 무슨 말인 줄 알아? 관계라고. 사람은. 그게 없으면 사람이 아니라고.

동교 그게 안 좋은 거라두요?

광자 ⋯ 그게 무슨 말이니?

동교 아니에요.

광자 (버럭) 무슨 말이냐구, 이 새끼야.

사이

동교 왜⋯ 그러세요?

광자 됐어. 아냐⋯.

동교 모든 좋은 일은 의도 없이 시작된다. 모든 나쁜 일도 의도 없이 시작된다.

광자, 동교를 보게 된다.

동교 예수가 유다한테 그랬대요. 너는 날이 밝으면 나를 세 번 부정하리라. 유다는 그렇게 했구요. 예수도 그렇게 했구요. 아. 베드로… 다. 근데 누구나 그렇게 하게 돼 있는 건 안 시켜도 그렇게 하게 돼 있다구요. 제가 그래요. 그냥 저도 모르게 연탄 그거 하는 거라구요. 저는 관계가 없어도 그 사람한테 뭔가 해줄 수 있어요. 그게 내 마음이니까. 누나가 저한테 그래요. 저는 누나하고 아무 관계도 없지만 저는 누나한테 뭔가 해줄 수 있어요.

광자 ….

동교 사실 전 관계가 없어야 편해요.

광자 너 그래서 내가 편한 거니? 관계가 없으니까?

동교 예….

광자 너… 고아랬지?

동교 예….

광자 엄마 봤어? 친엄마. 아니 친엄마가 누군지는 알아?

동교 몰라요.

광자 난 안다. 니 이름은 누가 지어줬어?

동교 고아원에서요.

광자 참. 나도 고아원에서 이름 지을 걸. 이름은 왜 지어놓고 고아로 만들어. 사람을. 애매하게.

동교 누나 이름 예뻐요. 빛 광 자. 이름 자.

광자 이것들이 다 짰나?

동교 부모를 아는 건 축복이에요. 이름을 지어줬다는 것도. 어쩌면 나는 아무 관계도 없는 사람이 아무 관계도 없는 이름을 붙여서 이렇게 된 건지도 몰라요. 아무 관계도 아니게 내가 생겨난 것처럼, 아무 관계도 아닌 채로 살다가 아무 관계없이 가는 게 제 목표예요.

광자 (박수치다) 너 학교 다닐 때 따였지?

동교 아니오.

광자 친구 많았어?

동교 아뇨.

광자 그게 따야. 빙신아.

동교 ….

광자 너랑 나랑 관계된 게 있어. 따인 거, 고아인 거. 근데 난 니가 나랑 관계없길 바라. 너. 날 위해서 뭐든지 할 수 있다고 했지?

동교 네. 뭔데요?

광자 술 마셔.

동교 네?

광자, 소주를 가져온다.

광자 니가 술을 마시면 난 좋겠어. 그게 다야.

동교 … 주세요.

광자, 글래스에 소주를 가득 따라 동교에게 내민다.

광자 이 술이 왜 있고 왜 안 없어질 건지 내가 가르쳐줄게. 하나 더 부탁이 있어.

동교 뭔데요?

광자 내가 지금부터 하는 말은 오늘만 듣고
다 까먹어버려.

동교 그건 진짜 자신 있어요.

광사, 권한다. 동교, 원샷 한다.

광자 내 이름은 우리 아빠가 화투 치다
비광이나 똥광 그런 거 보고 붙였다.

동교 예.

광자 우리 엄마가 그랬다.

동교 예. … 또 마시나요?

광자 당연하지.

한 잔 더 따른다.

광자 원샷 해. 혹시 내 얘기 기억날지 모르니까.

동교 네.

동교, 마신다.

광자 그 인간은 술로 죽고 그 인간 여편네는
담배로 죽었다. 둘 다 짝이 여럿이었다.
넘겨 치고 메치고….

동교 아… 머릿속에다 누가 풍선 부는 거
같네요.

광자 그치? 아무 소리도 안 들리지?

동교 아니 들리긴 들리는데 누가 바람을
불어넣는 거 같네요.

광자 한 잔 더 해. 더. 더. 쭉.

동교　　　… 네.

광자, 따른다. 또 마신다.

광자　　　캬, 그렇게 무책임하게 이름 하나
　　　　　붙여놓고 날 버리고 가버렸다. 그것들이…
　　　　　(사이) 근데 나는 그 피를 받아서 술도 잘
　　　　　먹고 담배도 잘 핀다. 그리고 그 피를
　　　　　이어받아서 나도 아무 남자하고도 잘
　　　　　관계한다. 아니 잘 때운다. 돈 없어서
　　　　　때우고, 빽 없어서 때운다. 씨발.

동교, 눈을 게슴츠레 뜬다.

동교　　　죄송해요….

동교, 옆으로 푹 쓰러진다.
사이

광자　　　니가 누워 있는 거기에서도 때웠다.
　　　　　내 구멍난 돈. 내 구멍난 인생을….
　　　　　으이그, 새까만 새끼. 불쌍한 새끼.
　　　　　씨발 새끼.

광자, 운다.
사이
동교에게 이불을 덮어준다. 방 안에 햇빛이 서서히
사라진다. 광자, 햇빛을 잡으려 하지만 잡을 수 없다.
멀어진다. 어두워진다.
사이

다시 밝아지면 밤이다. 광자가 한쪽에서 자고 있다.
동교가 부스스 일어난다. 사방을 둘러본다. 광자의 자는
모습이 가로등 불빛에 빛이 난다. 동교, 가까이 가본다.
쪼그리고 앉아 광자를 바라본다. 머리카락을 만져본다.
닿을락 말락 어깨를 만져본다. 닿을락 말락.
그러다 시선이 가슴에 간다. 가슴에 손이 뻗어진다.
닿을락 말락. 광자, 뒤척인다. 동교, 멈춘다.
사이
어디선가 동교 부모 소리가 들려온다. 동교의 기억 속.

동교 부(소리) 어허, 왜 이래요. 애 있잖아요.
동교 모(소리) 아… 자요.
동교 부(소리) 그래두.
동교 모(소리) 그리고 재가 내 애예요?
동교 부(소리) 그럼, 우리 애죠.
동교 모(소리) 애 못 낳는 여자도 막상 입양하면
애 생기고 그런대요.
동교 부(소리) 어허, 참 그래두….
동교 모(소리) 그리고 재 어려서 이런 거 잘 몰라요.
동교 부(소리) 열 살이래매요.
동교 모(소리) 그러니까.
동교 부(소리) 어허, 이 사람이.
동교 모(소리) 이리 와봐요.

동교, 일어난다. 욕실로 가 신발을 가지고 나온다. 그러다가
문득 욕실 안을 다시 본다. 동교, 잠시 생각에 잠긴다.
그러다 신발을 현관에 두고 다시 와 광자를 깨운다.

동교 누나. 누나.
광자 … 왜 ….

동교 저 갈게요. 해가 졌어요.

광자 가.

동교 근데 부탁이 하나 있어요.

광자 또 뭐?

동교 저 화장실에 있는 브래…지어 저 주시면 안 돼요?

광자 (놀라) 뭐?

동교 저한테도 엄마가 있었다면 저런 걸 했겠죠?

광자 ….

동교 엄마 냄새라는 게 있대요. 친구들이. 저는 잘 모르지만. 저희 어머니는 절 안아준 적이 없거든요.

광자 ….

동교 죄송해요. 무례했다면.

광자, 부스스 일어난다. 동교를 멀뚱히 쳐다본다.
사이
광자 어딘가를 뒤진다. 브래지어를 꺼낸다. 그걸 쇼핑백에 넣으려다 멈춘다. 다시 브래지어를 꺼내 서랍에 넣는다. 손을 윗도리 안으로 넣어 여기저기를 푼다. 소매 끝으로 자신의 브래지어를 꺼낸다. 쇼핑백에 담아 동교에게 내민다.

광자 고객님. 포 유.

제 10 장

사람들이 일제히 나온다. 못 볼 걸 봤다는 듯.
광자의 반지하방을 내려다본다. 광자와 동교, 사라진다.
하이바를 쓴 택배기사가 먼저 움직인다.

하이바　　네. 성현길 오 다시 육. 그럼 대현 빌라 뒤 아닌가요? 네? 그 옆이오? 네. 네.

다른 사람들도 프롤로그처럼 움직인다.
움직이며 광자와 동교가 머물렀던 곳을 마치 싱크홀을 보는 것처럼 피해 간다. 모두 사라진다.

백화점 후방. 유니폼을 입은 광자가 나온다. 물류가 서 있다.

광자　　왜?
물류　　이광자. 너 김 과장이랑 자고 그런 사이래매.
광자　　… 누가 그래. 둘째가 그래?
물류　　누가 그러든 말든.
광자　　….
물류　　말을 해봐. 아니라고.
광자　　맞어.

문득 물건을 옆구리에 낀 둘째가 그들 앞을 지나간다.
두 사람, 말을 멈춘다. 관례적인 목례들. 둘째, 사라진다.

광자　　… 그리고 더한 것도 해.
왜 내가 그러면 안 돼?
물류　　어떻게 나랑 사귀면서 그래?
광자　　왜 내가 그럼 안 돼?
물류　　넌 썅년이야. 개 같은 년. 미친년. 그래 광자. 왜 광잔지 이제야 알겠네.
광자　　향기는 어디로 갔어?
물류　　뭐가 이 미친년아.
광자　　이름이 뭐든 향기는 그대로라매.
물류　　향기 안 나. 썩은 내 나. 너는.
넌 광자가 딱 어울려.
광자　　집어치우자.
물류　　내가 이대로 있을 거 같애? 본사에 다 고발할 거야. 어뜨케 되는지 보자.

사이

광자　　너는 괜찮을까?
물류　　씨발. 조또. 나도 그만두면 돼.
광자　　맘대로 해.
물류　　내가 왜 이러는 줄 알아?
광자　　….
물류　　사랑하니까. 사랑하니까. 씨발.
광자　　(똑바로 보며) 그건 사랑 아니야.
그건 거짓말 못해.
물류　　씨발년아.

광자, 나간다. 물류, 다른 쪽으로 나간다.

제 11 장

동교네 집
마당에서 신 씨 할머니가 뭘 기다리는 듯 서성이고 있다.
동교가 반지하방으로부터 나온다. 쇼핑백을 들고.
신 씨 할머니가 동교를 잡는다. 동교, 쇼핑백을 뒤로 숨긴다.
신 씨 할머니, 동교의 손을 꼭 잡고 담배 세 갑을 내민다.
동교, 놀란다. 받지 않으려 한다. 그러나 신 씨 할머니,
한사코 쥐어주고 도망가듯 나간다.

동교　　이게 뭐예요? 할머니, 할머니.

동교 부모의 기척이 들린다. 동교, 허둥지둥 담배 세 갑과
쇼핑백을 어딘가에 숨긴다. 동교 부모, 나온다. 동교 모,
나오며 동교 부의 옆구리 콕 찌른다. 동교 부, 말 말라는 듯
손사래를 치며 화분에 물을 준다.

동교 부　　어제 어디 갔다 왔냐?
동교　　그냥요. 여기 근처 친구 집에서….
동교 모　　니가 친구가 어딨어?
동교　　있어요….
동교 모　　어디에?
동교 부　　아, 냅둬요. 저만 한 나이 때는 다 외박도
하고 그러는 거예요.
동교 모　　….
동교　　이거.

동교, 주머니에서 장부를 꺼내 내민다.

동교 부　　뭔데?

동교 모, 장부를 낚아채 본다.

동교　　장부요. 그동안 연탄 나눔 한 분들 이름이랑 몇 장인가.
동교 모　　(보며) 니 건 어딨어?
동교　　거기 맨 뒤에요.
동교 모　　(뒤를 보며) 십이년 십일월 이십일일. 성준 할머니네 열아홉 장. 한 장은 할머니가 나르다 깼다. 이십이일. 책걸상 할아버지 열다섯 장. 여전히 책걸상같이 무표정이시다…. (웃으며) 그러네.
동교 부　　이걸 왜?
동교　　심사요. 아버지가 하시는 게 좋을 거 같아서요.

동교 모, 동교가 기특하다.

동교 부　　왜?
동교　　….
동교 모　　아, 왜긴 왜예요. 다 우리 연탄이었으니까 그렇겠지.
동교 부　　내가 준 거잖아요. 정당하게 일한 대가로.
동교 모　　그래도 그게.
동교 부　　잠깐만. (사이. 동교에게) 왜?
동교　　… 그냥요. 저는 숫자 계산도 잘 못하고…. 아버지가 하시면 그냥 좋을 거 같아요.

동교 부　　왜 내가 하면 그냥 좋을 거 같애?
너는 안 하고 싶어? 그동안 나눔 한
분들한테 좋은 소식일 텐데.

동교 모　　보은할려고 그러는 거죠. 우리한테요.
먹여주고 키워줬으니까.

동교 부　　잠깐만요. (사이) 왜?

동교　　… 그냥… 그냥요….

동교 모　　아, 누가 하면 어때요? 다 사람 돕자고
하는 일인데 안 그래요? 우리 동교 진짜
훌륭한 생각 했다.

동교　　네. 맞어요. 아버지.

동교 모　　(끌고 가며) 밥 먹자.

동교 부　　(웃으며) 동교야, 그러니까 왜.
왜 이 녀석아.

동교, 이끌리듯 오히려 환히 웃어 보이며 들어간다.

제 12 장

백화점 후방. 과장과 광자.

과장	… 이거 골치 아프게 됐어.
광자	그거 하나를 못 막아주겠다고요?
과장	시기가 안 좋아.
광자	수석이래매. 디자이너.
과장	어뜨케 대충 달래줄 수는 있을 거 같은데. 매니저는 좀 힘들겠다.
광자	왜?
과장	….
광자	나 죽으라구?
과장	죽진 않아. 다만 매니저만 안 될 뿐이지.
광자	….
과장	그리고 우리도 그만 만나야겠다.
광자	… 왜?
과장	다 안 좋아. 상황이. 안팎으로. 미안하다.
광자	같이 죽재매. 댄싱 인 더 다크 틀어놓고.
과장	아직 그 노래 틀 때 안 됐나 보다.
광자	야 개새끼야.
과장	(버럭) 또 오바한다. 너 선을 지켜. 선을 넘지 말라고. 알아들어?
광자	….

사이

과장　　미안하다.

광자　　(눈물을 닦으며) 그럼. 돈 줘요.

과장　　뭐?

광자　　그래야 증명되지요. 사랑 안 한 걸로.
안 그래요, 과장님?

과장　　대단하다. 광자. 이광자.

광자　　나 이름 바꿀 거예요.

과장　　이름 바뀐다고 사람이 바뀌냐.

광자　　줄 거예요. 말 거예요. 그걸로 이름
바꿀 거니까요.

과장　　얼마야?

광자　　칠백이오….

과장　　뭐?

광자　　그래요, 과장님, 나 전과 있어요. 그래서
이름 하나 바꾸기가 이렇게 지랄같아요.
내가 어떤 년을 칼로 그어버렸거든요.
나 과장님 인생두 그렇게 그어버릴 수
있어요. 그러니까 선을 그어요. 돈으로요.
그래요. 나 이광자예요. 미친년 맞아요.
그러니까 줄 거예요 말 거예요.

과장　　… 물렸구나. 내가. 단단히 물렸어.

광자　　말해요.

과장　　계좌 불러.

과장, 나간다. 광자, 다른 곳으로 나간다.

제 13 장

구청

외출복 차림의 동교 부, 동교 모, 동교. 기다리고 있다.
구청 공무원이 나온다.

구청	많이 기다리셨죠?
일동	….
구청	근데 청장님이 노발대발이시네요. 이 아이가 이케… 상징성이 있는데 그게 흐려지면은 다른 사업하고 변별력이 없다 … 그러고… 청장님이 그러시네요. (마른 침을 삼킨다)
동교 모	아니… 그게… 얘가 수셈이 느려서 그런 건데….
구청	최동교. 수셈 그런 거는 내가 옆에서 다 해줄 수 있어. 넌 그냥 니가 하는 대로 어떤 분이 지금 연탄이 필요하다 그러니까 도와줘야 한다. 니가 알고 있는 대로만 얘기해주면 돼.
동교 부	그래. 그래라. 그건 니가 나보다 잘 알 테니까.
구청	그래. 그렇게만 하면 돼.

동교, 시선을 돌린다. 그 시선 속에 신 씨 할머니가
등장한다. 그리고 동교를 향해 담배 세 갑을 내민다.

동교　　　　…．
구청　　　　왜 못하는 딴 이유가 있어?
동교　　　　… 그냥요 ….
동교 모　　　아니 그냥이 뭔지 말을 해야지
　　　　　　또 이분들이 방법을 찾고 그럴 거 아냐,
　　　　　　동교야, 응?
동교　　　　… (끝내 말하지 못한다)

동교, 시선을 거둔다. 신 씨 할머니, 사라진다.

구청　　　　난감하네.
동교 부　　　그럼 저기 애도 못하고 나도 못하고
　　　　　　그러니까 그냥 우리 빼고 하세요.

동교 부, 나간다.

동교 모　　　(난감하다) 아니 … 우리가 다 나서서
　　　　　　했는데.
동교 부　　　갑시다.
동교 모　　　아니, 갈 게 아니라 지금.
동교 부　　　(버럭) 가자고.

사이
동교 모, 놀라서 동교를 본다.

동교 모　　　(울먹인다) 동교야 ….

그러나 동교, 아무 말도 하지 않는다.

제 14 장

본사

윗선과 광자. 윗선이 광자의 휴대전화를 보고 있다.
제5장의 신음 소리가 다시 나온다. 민망한 듯 고개를
한쪽으로 꺾으면서도 시선을 떼지 못하는 윗선. 동영상 속
사람은 과장과 광자다. 윗선, 한숨을 쉬며 휴대전화를 끈다.

윗선 그래서요?

이번엔 광자, 통장을 건넨다.

광자 그리고 돈을 줬어요, 김 과장님이.

윗선, 통장을 받아 본다. '칠백'을 보낸 과장의 이름이
찍혀 있다. 윗선, 거둔다. 머리를 짚는다.

광자 싫다고 그러는데도 계속 그랬어요.
윗선 근데 아가씬 이걸 왜 찍었어요?
광자 너무 치욕스러워서요. 기억할라구요.
윗선 누가 기억해요?
광자 누가 됐든지요. 여성부가 됐든 청와대가
됐든. 저 너무 억울해요.
윗선 ….
광자 그리고 거기 문자는 물류하는 정광식 씨가
협박한 거예요.

다시 휴대전화 문자를 보는 윗선.

윗선 이 사람 거치네.

광자 이런 일 한두 번 아니에요. 현장에서는. 피해가기가 너무 힘들어요.

윗선 … 그래서 아가씬 어떻게 할 생각이에요?

사이

광자 참아야죠. 참는 거밖에 별 수 있어요?

윗선 … 확대하지 않고?

광자 그러면 저만 손해죠. 보상받을 길도 없고.

윗선 울지 마요. 그런 일로 울어 …. 참느라 힘들었겠네. 일어나요. 내 눈 봐요. 내가 잘 처리해 줄 테니까 걱정 말아요. 이 동영상은 이게 원본이죠? 이광자 씨.

광자 … 네.

윗선 (다짐하듯) 이건 가져갈게요.

광자, 고개를 끄덕인다. 윗선, 그렇게 함구하자는 듯 광자의 어깨를 톡톡 두드리고 나간다. 문득 광자의 다른 전화에 음성메시지가 들어온다. 들어보는 광자.

제 15 장

자전거를 탄 전직이 나와 광자에게 음성메시지를 남긴다.

전직 어 아가씨. 축하해. 이름 개명됐어. 아름다울 아. 꽃부리 영. 이아영. 축하한다. 이아영. (박수까지) 나 혼났다. 아니 전과가 별것도 아니던데 욕을 했다고 그렇게 면도칼로…. 아무튼 허가는 떨어졌는데 그렇다고 뭐 다 끝난 건 아냐. 나머지 신고도 일일이 해야 되고. 그러니까 잔금 보내주고. 내가 아가씨한테 말려서 거저 해준 셈이야…. 아니면 뭐, 데이트나 한 번 더하든가. 사는 게 너무 피곤하지 않아?

전직, 설렌다는 듯 미소까지 남기고 나간다.

광자 미친 새끼.

광자, 전화를 탁 끊고 나간다.

제 16 장

텅 빈 무대에 동교가 나온다. 천천히 사방을 둘러본다.
그러더니 무대 위 가장 높은 곳으로 기어올라간다.
천천히 천천히, 그리고 위태로운 곳에 선다.
이와는 달리 밝은 분위기의 백화점. 윗선이 광자와 함께
웃으며 나온다. 광자의 옷이 달라졌다. 둘째가 새물류와
함께 웃으며 그들 앞에 선다.

윗선 자, 모두 아시는 대로 오늘부터 저희
브랜드 매니저•를 맡게 된
이아영 씨입니다. 인사하세요.

광자, 앞으로 나온다.

광자 잘 부탁드립니다.
모두 잘 부탁드립니다.
윗선 이아영 씨는 일의 체계도 잘 이해하고
신장갱신이 눈에 띄게 탁월한 분이십니다.
자. 이 점 모두 배워서 매출신장에 각별히
신경써주시면 고맙겠습니다. 새 매니저.
새 식구들. 잘 합심해서 서로 윈윈 하는
결과 있길 바랄게요.
모두 예.
윗선 그리고 앞으로는 매장관리는 김 과장님
말고 여자 분이 하게 될 겁니다. 아직
정해지진 않았지만 곧 그렇게 될 거예요.

자, 오늘도 파이팅 하시길 바랄게요. 자.

모두 (하트를 그려보이며) 사랑합니다.

윗선, 나간다. 둘째, 웃으며 광자에게 다가선다.

둘째 매니저님. 뭐부터 하면 되나요?

광자, 둘째를 빤히 쳐다본다.

둘째 (웃으며) 왜요? 제 얼굴에 뭐 묻었어요?

광자 내 눈 똑바로 봐.

둘째 네.

광자 웃어.

둘째 네.

광자 넌 웃을 때 제일 예뻐.

둘째, 울먹이며 광자의 팔짱을 낀다.

둘째 네, 언니. 저 잘할게요.

광자, 새물류에게

광자 여기 무슨 일 있었는지 얘기 들었죠?

새물류 예.

광자 절대 그런 일 반복돼선 안 돼요.

새물류 예.

광자 넌 왜 대답 안 해?

둘째 넷.

광자 자, 매출이 많이 떨어졌으니까 우리 모두 힘을 모아야 할 것 같아. 나도 까대기•

할 거고 공평하게 다 돌아가면서 간 식시간• 티시간• 다 공평하게 할 거야. 우리 진짜 힘을 한번 모아보자. 그래서 적어도 최하 삼백씩은 가져가자. 자, 오픈 전까지 신상으로 디피•부터 싹 다시.

모두　예.

새물류와 둘째, 재고 파악을 위해 나간다. 아직 오픈 전 텅 빈 매장을 둘러보는 광자, 아니 이아영.
뭔가 가득 찬 듯 텅 빈 듯 이상한 표정을 짓는다.
그러나 이내 떨쳐버리려는 듯 고개를 털고 소매를 걷고 매장정리를 한다. 그때 젊은 형사, 들어온다.

형사　혹시 이광자 씨?

광자　누구세요?

형사　서에서 나왔는데요. 뭐 좀 여쭤보려구요.

광자　전에 제 이름이구요. 지금은 이아영이에요.

형사　여튼 이광자 씨 맞죠? 전에.

광자　용건 말씀하시죠.

형사　최동교라고 알아요?

광자　… 최 … 동교?

형사　그 사시는 데 연탄집 아들.

광자　아. 네.

형사　그 친구가 근처 아파트에서 투신을 했는데….

광자　….

형사　며칠 전에 집에서 좀 시끄러웠나 봐요. 사망했어요.

광자, 놀란다.

사이

그러나 아무렇지도 않은 듯 자신의 기분을 감춘다.

광자 그래서요?

형사 걔네 부모 말로는 그 아들 방에서
이상한 게 나와서 추궁을 했는데
그거 때문에 울면서 나갔다고.

광자 이상한 게 뭔데요?

형사, 비닐팩에 든 브래지어를 꺼내 보인다.
광자가 동교에게 건넨 브래지어다.

형사 이 브래지어 이광자 씨 꺼 맞아요?

광자, 침묵한다.

형사 다른 게 아니라 아이가 죽으면서 유서를
남겼는데 이게 말이 좀 애매해요. "그것은
아무 관계도 없는 사람이 아무 관계도
없이 나에게 주었다. 나는 이제 내 삶을
결정했다. 행복하다." 이게 무슨 뜻인지
알아요?

광자 잘 모르겠는데요?

형사 부모 말이 애가 이재(理財)가 좀 흐려서.
그래서 뭐 남 고등어도 받아 오고
고무줄도 받아 오고 그러더니,
자꾸 타일렀더니 그래도 안 듣는다구.
그래서 방을 뒤졌는데 이런 게 나왔데요.
뭐 동네 속옷들 없어지는 거 흔한 일인데
애가 그랬나 봐요. 근데 유서를 보면

다 뭐 누가 줬다 이런 식으로 씌어져 있어서…. 이거 이광자 씨가 줬어요?

광자 아뇨.

형사 그럼?

광자 없어졌어요.

형사 언제요?

광자 몰라요. 형사님은 속옷 없어진 거 그날그날 아세요?

형사 몇 번이나 그랬어요?

광자 몇 번 그랬어요.

형사 그 아인 줄 알았어요?

광자 몰랐어요.

형사 어떤 사이예요. 평소에?

광자 전혀 모르는 사이예요. 아무 관계도 없어요.

형사 … 음.

광자 더 궁금하신 거 있어요? 저 지금 일해야 되는데.

형사 아뇨. 됐습니다.

젊은 형사, 나간다. 광자, 문득 할 일이 뭐였는지 까먹은 듯 그 자리에 멈춰 선다.
동교 모, 나와 높은 곳에 서 있는 동교에게 광자의 브래지어를 내보이며

동교 모 동교야. 이거 뭐야?

그러나 동교, 아무 말도 하지 않는다. 동교 모, 사라진다.
동교, 앞을 보고 얘기한다.

동교 네. 전 죽었습니다. 그래서 인터뷰를 못했습니다.

광자, 나간다. 그러나 동교는 사라지지 않고 계속 아래를 내려다본다.

제 17 장

구청

구청 잠시만요. 자자자자, 조용들 하시고….
말씀 다 잘 알겠는데요. 일단 그래도
안 좋은 일이 있었잖습니까. 그러니까
급하게 하지 말고 차근차근 하자는 게
저희 목푠데요. (사람들 다시 시끄럽다)
나가리 된 게 아니라… 아니, 취소된 건
아니구요… 조금 더 준비를 해서….
(다시 시끄럽다. 단호하게) 시기는 몰라요.
모릅니다. 그건 말할 수 없습니다.

구청 공무원, 자리를 벗어난다.
어느 술집 앞, 비트가 강한 음악이 안으로부터 새어나오고 있다. 약간 취한 둘째가 나와 담배를 꺼내 문다. 앞에 있는 누군가에게 이야기한다.

둘째 광자요? 아, 그 개또라이. 그럴 줄
알았어요. 걔 완전히 개또라이였어요.
(사이) 존심. 뭐 그런 거라고 해야 되나.
평상시에도 그런 적 있었냐구요.
뭐 특별히 그런 적은… 모르죠. 안 보는
데서 무슨 짓을 하고 다녔는지…. 네?
(사이) 참, 이해가 가면 왜 개또라이겠어요?
이해가 안 가니까 개또라이지. (사이)

아무리 그래도 그렇지. 체계도 무시하고
경력도 무시하고 그렇게 막 치고 올라가는
거 그거 너무 격이 없지 않아요?
너무 남루하잖아요, 사는 게. 그럼.

둘째가 인터뷰를 하는 동안 새물류•, 나와 몰래 가려 한다.
이를 둘째가 보고 붙잡는다.

둘째 왜 더 놀다가쟈. 한 잔만 더 하고.
너 진짜 예뻐.

새물류 (웃지만 단호하게) 저한테 이러지 마세요.
저 그런 거 안 하려구 매장
발령받았습니다. 감사합니다.

새물류, 나간다. 둘째, '야, 야' 하며 쫓아간다.

제 18 장

오후

마당에 동교 모가 나와 작업복을 널고 있다. 광자가 몸이 안 좋은지 허리를 웅크리고 그 앞을 지나간다. 동교 모와 눈이 마주친다. 광자, 그냥 지나치려 한다.

동교 모　　아가씨.
광자　　네?
동교 모　　오늘 일찍 들어오네요. 며칠 안 보이더니.
광자　　몸이 안 좋아서요.
동교 모　　그거 아가씨 거 맞지요?
광자　　네?
동교 모　　그 속옷.
광자　　….
동교 모　　미안해요. 미안하게 됐어요. 이제 그런 일 없을 거예요.
광자　　… 네.

광자, 간다. 문득 돌아선다.

광자　　저기요.
동교 모　　응?
광자　　저 방 나갈게요.
동교 모　　왜요?
광자　　날도 추워지고 해서… 안 좋은 일도 있고.
동교 모　　우리도 안 좋아요.

사이

동교 모　　나가도 보증금 금방 못 빼요. 나가야 빼줘요.

광자　　그건 알아서 하시구요. 전 상관없어요.

광자, 반지하로 들어간다.

동교 모　　이제 그런 일 없을 거예요.

광자　　(서며) 네?

동교 모　　이제 그런 일 없을 거라고요. 전과 똑같다고요.

광자　　상관없어요. 아줌마.

광자, 사라진다.

동교 모　　쯧쯧쯧… 젊은 기지배가 빤스 하나 간수를 못해가지구… 그거를….

동교 모가 빨래를 확 털며 들어간다.

제 19 장

광자의 방
광자, 백을 턱 내려놓고 한참 동안 멍하니 서 있다.
그러다가 무슨 생각이 들었는지 주섬주섬 옷을 갈아입는다.
그리고 또 멍…. 저녁 햇살이 그녀를 비춘다. 광자, 일어나
커튼을 치고 소주를 꺼내와 벌컥벌컥 마신다.

광자　　새까만 새끼.

사이
운다.

광자　　씨발 새끼. 개새끼.

그때 높은 곳에 서 있는 동교가 광자에게 말을 건넨다.

동교　　누나 풍선 불어요? 술 먹으니까 그렇지.

광자, 동교를 보더니 고개를 턴다.

동교　　커튼 걷어요. 햇빛 좋아하잖아요.
광자　　저리 안 꺼져.
동교　　죄송해요. 햇빛이 아름다워요.
누나도 아름다워요. 누나는 햇빛을
닮았어요.

광자, 소주병을 던져버린다. 소주병이 깨진다.
그러나 동교, 아랑곳하지 않는다.

동교 햇빛. 알았어요. 햇빛도 세상이랑 아무런 관계가 없다는 걸. 가난한 사람이나 부자나 똑같이 하루 몇 시간씩 햇빛. 전 햇빛 같은 사람이 될래요. 그게 좀 더 멋있을 거 같애.

광자 꺼지라고.

동교 화내지 말아요. 누나가 날 모른 척한 건 그렇게 할 수밖에 없어서 그런 거 나도 알아요. 난 아무 상관없어요. 누나만 괜찮다면. 여기 이 방. 여기서 누구랑 관계하면 어때요. 춤 좀 추면 어때요. 그런 건 하나도 중요하지 않아요. 그건 누나가 원해서 그런 게 아니니까. 원하지도 않았는데 원하지도 않는 방향으로 계속 그렇게 되고…. 전 그렇게는 못하겠더라구요. 이제야 알았어요. 누나 말. 그 생선장사 아줌마 옆에 있는 아줌마가 더 힘들다는 말. 누나 고마워요. 누나는 나한테 햇빛을 보여줬어요.

벌떡 일어나는 광자. 눈물을 닦으며 싱크대에서 칼을 꺼낸다. 그리고 수건으로 싼다.

동교 어. 누나. 누나.

광자, 나간다.

제 20 장

동교네 집 마당
광자, 나와 안쪽에 대고 소리친다.

광자　　아주머니. 아주머니.
동교 모　(나오며) 왜요?
광자　　아저씨는 안 계세요?
동교 모　나오면서 못 봤어요? 일해요. 왜요?
광자　　뭐 좀 물어볼 게 있어서요.
동교 모　뭐요?
광자　　동교 왜 죽었어요?

사이

동교 모　무슨 뚱딴지 같은 소리예요. (사이) 우리도 지금 힘들어요. 아가씨 맘 아는데.
광자　　제 맘이 뭔데요?
동교 모　오다가다 보던 애가 그래도 그렇게 됐으니까.
광자　　왜 집을 나갔대요?
동교 모　아니 이상한 데 관심 팔리니까 그렇지.
광자　　동교 그런 애 아니잖아요. 동네가 다 아는데.
동교 모　동네가 다 알아도 모르는 게 있어요.
광자　　그게 뭔데요?
동교 모　(버럭) 이 아가씨가 술 먹었나?

광자 (버럭) 그게 뭐냐구요.
동교 모 아니. 이 아가씨가 진짜.

광자, 감정을 추스르며

광자 죄송해요. 제가 너무 궁금해서 그래요. 방 안 뺄게요.
동교 모 배은망덕하니까 그렇죠. 방 빼도 돼요. 그걸로 우리가 죽고 사나.
광자 심사하는 거 안 한다고 그래서 그런 거 아녜요?
동교 모 뭐요?
광자 아님 혹시 저 안에 계신 분이 대신 그걸 해야 되는데 동교가 말을 안 들어서 그런 거 아녜요?
동교 모 아니 무슨 소릴 하는 거예요. 지금.
광자 죄송해요. 아줌마 제가 너무 궁금해서 그래요.

광자, 동교 모 앞에 무릎을 꿇는다. 동교 모, 자신도 속상하다는 듯 고개를 돌린다.

광자 … 불쌍하잖아요. 너무.
동교 모 … 그렇게 무서운 얼굴은 처음 봤어. 자기는 절대 그렇게 할 수 없대. 절대로. 자기는 우리랑 아무 관계없이 살 거래. 그냥 사람이랑 아무 관계없이. 으이, 무서워. 검은 머리 짐승은 거두는 게 아니라고… (하늘을 보고) 하느님.

광자, 울며 천천히 수건 속에서 칼을 꺼낸다.
그리고 동교 모의 옆을 찌른다. 동교 모, 부지불식 간에
소리도 못 지르고 그대로 주저앉는다.

동교 모　　어… 어….
광자　　(울며) 그래요. 걔랑 나랑은 아무 관계
없어요. 그래서 이래요. 우리는
다 아무 관계가 없어서 그래요.

광자, 울며 칼을 들고 내쳐 동교 부가 일하는 곳으로
들어간다. 그곳에서 놀란 고함 소리가 들려온다.
푸닥거리는 소리. 승강이하는 소리.
사이
동교 부가 황망해 하며 손에 피가 묻은 채 마당으로 나온다.

동교 부　　이게 이게…. 여보.

그러다 아내를 보고 놀라 쓰러진 아내를 추스리는데
목에 피가 낭자한 광자가 터덜터덜 마당으로 걸어나온다.
그러더니 눈이 부시다는 듯 하늘을 올려다본다.
그리고 마치 따뜻하다는 듯 웃으며 살포시 햇살이 내리는
마당에 눕는다. 잠을 자려는 듯 눈을 감는다.

동교 부　　어. 어. 일일구… 일일구….

동교 부, 허둥대며 나간다. 잠시 후 들어와 동교 모를
데리고 나간다. 마당에 혼자 누워 있는 광자. 그녀 앞에
프롤로그처럼 싱크홀을 경고하는 '위험' 안내 표지판이
설치된다.

제 21 장

제10장의 하이바를 쓴 택배기사가 나와 하이바를 벗는다. 그러자 물류다. '위험' 안내 표지판 앞에 선다.

물류 광자요? (사이) 예. 예. 다 들었어요. 저 짤리고 며칠 뒤에 그랬대매요. 담배 있으세요. (인터뷰이가 담배가 없다고 한다. 물류, 마른 침을 삼키며) 예…. 그년은 쌍년이에요… 그리고 씨발년이었어요. 젊고 예쁘고 생기발랄하고 다 좋은데 몸을 함부로 굴리는 건, 그건 정말 아니지 않아요? 전 그거 절대 타협할 수 없어요. 들으셨겠지만 저랑 사귀면서도 김 과장이랑 그렇고 그런 사이였어요. 어떻게 보면 자기 목적을 달성하기 위해 돈이든 뭐든…. 저한테 제가 좀 더 얹어주는 물품 때문에 절 이용한 거죠. 그리고 김 과장 놈이 더 이용가치가 있었으니까 결국 거기다 올인한 거겠죠. (사이) 김 과장요? 모르겠어요. 뭐 지방 발령 났다는데…. 빵이치고 있겠죠. 저요? 살아야죠. 그럼 뭐 짤렸다고 놀아요? 괜찮아요. 전 기억력이 안 좋아서. (사이) 근데요… 사귈 때는 좋았어요…. 뭐랄까 … 창녀 같달까…. 아니, 그건 좀 너무 간 거고…. 일반 여자애들은 사귀게 되면 뭐랄까 뭔가 선을 넘어가게 되면 심드렁 해지잖아요. 근데 광자는 그런 게 없었어요. 그러니까 뭔가 영혼은 안 주지만 너무 영혼 없는 스타일은 아니고 그렇다고 영혼까지 다 줘서 재미없어지는 그런 너무 안전한 느낌이 아니라… 그 사이 어딘데… (사이) 어떨 땐 남녀를 떠나서 이렇게 가슴을 팍 치는 말을 해요. 오빠. 인간을 인간으로 대해. 그래야 인간이야…. 알겠어? 이 바보야. 그런 말… (사이. 알림이 온다) 어떻게 보면 욕심이 너무 많았던 거죠. 술도 좋아했고 … 그러다 자기가 폭발한 거죠…. 그래요, 폭발. 그래서 사람들이 술하고 담배를 그렇게 쳐하는 거죠. (사이) 저요. 이제는 술, 담배 다 끊을 거예요. 저도 폭파되긴 싫으니까요. (알림이 온다. 받으며) 네, 성현길 오 다시 육. 그럼 대현 빌라 뒤 아닌가요? 네? 그 옆이오? 네. 네.

하이바, 다시 헬멧을 쓰더니 나간다.
손에 붕대를 감은 동교 부. 젊은 형사가 나온다. '위험' 안내 표지판 앞에서 광자와 승강이가 벌어졌던 안쪽을 보며 이야기한다.

형사 　말씀드린 대로 칼을 들고 뛰어 들어왔고, 아저씨가 칼을 잡고 밀쳤고, 승강이하다 그 여자 목이 찔렸고. 그렇게 다 확인 됐습니다.

동교 부 　네. 그럼 다 끝난 거죠?

형사 네.

형사, 노트를 덮는다.

형사 아주머님은 괜찮아요?

동교 부 예. 몸은 괜찮은데 (애써 웃으며)
좀 놀랐어요. 여기를 좀 다쳤어요.
(동교 모가 붕대 했던 데를 가리키며)
아직 병원에 있어요.

형사 그 아가씨 앞으로 무슨 관계된 사람
우편물 같은 거 없었나요?

동교 부 그건 난 잘 모르고… 우리 집사람이….

형사 장례를 치러야 되는데 연고가 하나도
없어서요.

동교 부 예….

형사 근데 좀 여쭤볼 게 있는데요, 수사는
아니고.

동교 부 예.

형사 승강이하면서 무슨 이상한 소리를
했다면서요? 그게 뭐였어요?

동교 부 뭐 그게… (사이) 내가 이광자다.
그래 내가 이광자다. 그랬어요.

형사 (뭔가 골똘히 생각을 하는 듯) 그 이광자
씨라는 분은 어떤 분이셨어요?

동교 부 그게…?

형사 아니, 저도 살아있을 때 한 번 뵌 적
있는데 생기발랄하고 나이도 제 또래고….
또 회사에서 승진도 하고 그러셨다고
해서.

동교 부 … (생각에 잠긴다)

형사　　　아니, 뭐 대답 안 하셔도 되구요 그냥….
　　　　　같은 나이라서 궁금해서… 왜 그랬나.

사이

동교 부　　그러니까 그 아가씨는…. 아, 이광자 씨는
　　　　　아주 건강했어요.
형사　　　(다시 적으며) 그리구요?
동교 부　　그리고 또… 항상 웃었어요.
형사　　　그래요? 아가씨랑 승강이한 곳이
　　　　　저 안인 거죠?
동교 부　　… 네네.

동교 부, 먼저 안으로 들어가며

동교 부　　여기예요.

형사, 아직 들어가지 않으며 바깥에서 노트를 한다.

형사　　　… 또요?

제2장의 늙은 여자, 나와서 답한다.

늙은 여자　그게 다야. 이쁘고… 친절하고….
형사　　　아….

형사, 노트를 들고 동교 부가 들어간 곳으로 들어간다.
늙은 여자가 다시 처음처럼 혼자 서 있다.

늙은 여자　근데 그거는 왜? (사이. 놀라며)

세상에 어쩌다가… 쯧쯧쯧쯧… (사이)
젊은 사람들이 목숨을 쉽게… 그렇게….
난 그거 반대야. 살아갈 날이 얼마나
많은데. 얼마나 좋은 게 많은데. 안 그래.
아가씨 형사 양반? (사이) 몰라. 나쁜 얘기
하지 마. 난 듣기 싫어. 좋은 걸 봐야지…
좋은 것만 봐도 부족한데…. 날이 이렇게
좋은데.

늙은 여자, 말을 마치고 천천히 프롤로그과 다른 곳으로
나간다. 그녀가 나가는 동안 동교가 높은 곳으로부터 내려와
천천히 광자의 옆에 눕는다. 광자와 동교가 나란히 눕자
그들이 누운 곳이 그대로 꺼져 프롤로그의 싱크홀이 된다.

제 22 장 **에필로그**

프롤로그처럼 사람들이 하나둘씩 나와 싱크홀에
마주 대한다. 현장복을 입은 과장. 붕대를 한 동교 모.
유니폼을 입은 둘째. 완전 무장 사이클을 탄 전직.
택배를 하는 물류 등등. 싱크홀을 보고 놀라
다들 그곳에 멈춰 선다.

막

〈각주〉

『경향신문』 2014. 2. 12.자. 철학자 고병권 인터뷰.
“… 가난은 오래전부터 고민한 주제다. 개인 경험도 있다. 중학교 1학년 때였나. 세들어 살 때 열 살 어린 집주인이 어머니한테 큰소리를 질렀다. 그 남자의 힘, 어머니의 침묵과 무력함이 어디서 왔을까. 그 사람이 천박해 보였고 그 사람처럼 될까 봐 두려웠다. 가난은 찢어진 팔꿈치가 아니라 그게 신경 쓰이는 것이다. 재화가 없는 상태가 아니라 그것에 대해 갖는 감정이다….”

〈용어 설명〉

본 희곡의 배경인 백화점 영업점은 백화점 본사에서 파견한 영업관리자 에스엠이 각 브랜드 회사에서 백화점 영업점으로 진출 시 파견한 매니저, 둘째, 막내에게 간접적으로 지시를 내리며 매출을 관리하는 방식으로 운영된다.

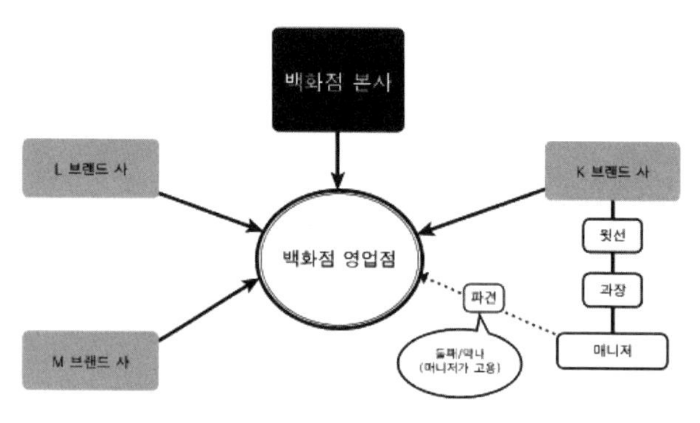

백화점 영업점과 브랜드 회사의 조직 및 관계

1. 에스엠(SM, sales manager) : 백화점 정규 사원인 영업관리자. 입사 시 영업점에 1~2년 배치한다. 영업관리 부서가 영업점의 매출 증감을 분석한다. 각 브랜드의 매출 실적을 관리한 후 시즌 내 발전 가능성이 없는 지점과 최하 실적의 브랜드는 퇴점을 요청할 권리가 있다. 시간대별 매출속보 시스템은 RIS(retail information system)라고도 하며, 브랜드 관련 매출이 전산으로 자동 기입된다. 에스엠은 이를 통해 실적을 수시로 확인할 수 있고 이로써 각 매장의 성과를 측정한다. 유사한 시스템인 인트라넷을 쓰기도 한다. 브랜드 매장 사원의 근태(근무태도) 관리도 에스엠의 업무이다. 공정거래법상으로는 금지되어 있지만, 암묵적으로 행해지고 있다. 백화점 매출 증진 목적으로 시행할 필요가 있다고 한다. 브랜드 매장 직원이 영업관리자에게 밉보이면 스트레스가 된다. 브랜드 직원은 관리자와 친분을 통해 몸이 고된 일을 피하는 경우도 있다.

2. 윗선 : 브랜드 회사에서 인사 징계위원회를 개최할 수 있는 직책으로 팀장 혹은 임원(이사, 상무, 전무)일 것으로 본다. 주인공 광자가 직접 접선할 수 있으려면 팀장 정도가 적합하지만, 팀장 혼자서 과장을 좌천시킬 권력은 없기 때문에 징계위원회를 통한 임원과의 회의가 필수일 것이다. 희곡상 윗선은 브랜드 사 '윤리경영팀' 팀장으로 설정했다. 윤리경영 팀장이 유일한 직책인 것은 현실성이 없으므로 평소에 디자인 부서 팀장 직책과 겸직하는

것으로 설정했다. 실제 윗선은 영업점의 브랜드 매장에 출입이 잦은 편이라고 한다.

3. 과장 : 브랜드 회사 디자인 부서 소속 디자이너. 여러 백화점에 진출한 브랜드 영업점의 매출을 관리하기 위해 각 백화점 영업점 출입이 잦은 편이다. 희곡에서는 매니저 고용과 관계된 인사부에 입김을 작용할 만한 인물로 설정하였다.

4. 매니저 : 입점 시 매니저는 브랜드 본사와 직접 고용 계약을 맺는다. 이때 임금을 수수료 혹은 월급으로 할지 결정한다. 예를 들어 모 백화점에 입점한 브랜드의 경우 월 매출은 최소 3천만 원에서 최대 2억 원이라고 한다. (고가 아웃도어 브랜드나 여성복 브랜드의 경우가 2억 원가량의 매출이 가능하다.) 이때 매니저는 직영 혹은 중간 관리자로서 브랜드 본사와 계약한다. 직영 관리자는 월 매출과 상관없이 일정 월급을 받고, 중간 관리자는 월 매출에 따라 수수료로 약 10퍼센트를 받는다. 예를 들어 월 매출이 5천만 원인 경우, 매니저의 월 수익은 5백만 원인데, 여기에서 둘째 및 막내의 월급을 지급한다.

5. 둘째 및 막내 : 둘째와 막내의 일상은, 보통 월화수 중 하루만 쉬고 매일 12시간가량 근무하는데 통상 8시 30분에 출근해서 밤 9시에 퇴근한다. 매니저가 되기까지는 고등학교 졸업 후 막내로 입사해서 통상 10~15년 정도 걸린다고 한다. 힘든 일과 탓에 술을 자주 마시고, 남녀노소를 불문하고 90퍼센트 이상이 흡연한다고 한다. 매출 스트레스가 매우 심하다. 임시 방책으로

매출이 저조할 때 매니저들이 자기가 매입하기도 한다(이를 '비정상매출'이라고 한다). 가매입 후 실적 좋은 달에 매출을 취소한다. 과거에는 백화점 영업관리자 및 브랜드 과장 들이 매니저에게 이러한 행위를 강요하기도 했다. 신원 카드를 여러 개 두어서 눈속임을 한다. 보통 걸러지지만 성공하는 경우도 있다.

6. 물류: 물류만을 취급하는 물류 전문 회사 소속이거나 브랜드 직영 물류 관리사원이다. 희곡에서는 브랜드 직영 물류 관리직으로 설정되었다. 소속 브랜드 사의 의류를 빼돌려 광자에게 건네줄 수 있는 사람으로 설정할 필요가 있었다.

7. 근태: 근무태도의 줄임말로, 영업관리자에게는 매니저를 비롯한 직원들의 실적을 관리하는 수단이다.

8. 신장: 매출 신장을 일컫는 용어로 성과를 측정하는 도구로 쓰인다. 매출 신장은 전년보다 무조건 더 많은 매출을 목표로 설정해야 한다. 예를 들어 2015년 5월 매출이 3백만 원이면 2016년 5월 매출 목표는 그 이상으로 설정한다. 영업관리자(SM)의 휴대전화로 매출 변동이 실시간 확인 가능한 RIS를 통해 백화점은 매일 매출을 측정하기 때문에 직원들이 매일 스트레스를 받는다.

9. 인센: 인센티브의 줄임말. 수수료 방식으로 임금을 결정했을 때 그 달의 매출 성과에 따라 둘째 혹은 막내는 그에 따른 인센티브를 받게 된다. 이 방식이 실적을 올리는 동기 부여로 작동한다.

10. 후방: 매장의 반대편에 위치한 직원들만 다니는 모든 공간을 통칭한다. 백화점 직원과 브랜드 직원들이 함께 사용하는 통로나 창고가 이에 해당한다.

11. 까대기: 매장 둘째와 막내가 하는 업무 중 하나로 상품 박스를 포장, 정리하는 일을 말한다. 창고 여유가 부족하므로 정리가 필요하다. 거의 항상 공간이 부족해서 이 일이 매우 중요한 업무라고 한다. 소방서에서 안전 점검을 수시로 확인하러 오기 때문에 백화점 영업관리 직원이 브랜드 직원들에게 직접 지시한다.

12. 간식시간·티시간·티: 저녁 식사 시간을 '간식 간다'고 표현한다. 약 15분가량으로 저녁 먹을 시간이 충분하지 않을 정도로 바쁘기 때문이다. 직원식당이 있지만 샌드위치 같은 간단한 식사로 끼니를 때울 때가 많다. 식사가 아닌 휴식 시간에 커피 한잔하거나 담배 피우는 것은 '티 하러 간다'고 한다.

13. 디피(DP, display): 각 브랜드 매장은 이 디피를 어떻게 하느냐에 따라 매출이 크게 달라지므로 매우 중요하게 생각한다.

이상 용어 설명은 〈햇빛샤워〉 공연을 위해 취재한 것 (2014. 6)을 황설하(극단 이와삼 단원)가 정리했고 이를 바탕으로 작성되었다.

이음희곡선 햇빛샤워

3쇄 펴낸 날 2018년 12월 31일

지은이 장우재
펴낸이 주일우
편집 김우영
디자인 김수환

펴낸곳 이음
등록번호 제2005-000137호
등록일자 2005년 6월 27일
주소 서울시 마포구 월드컵북로1길 52 3층
전화 (02)3141.6126
팩스 (02)6455.4207
전자우편 editor@eumbooks.com
홈페이지 www.eumbooks.com
인쇄 아르텍

ISBN 978-89-93166-71-2 04810
978-89-93166-69-9 (세트)
값 5,500원

이 책은 서울문화재단 남산예술센터와
협력하여 제작하였습니다.

이 도서의 국립중앙도서관 출판예정도서목록(CIP)은
서지정보유통지원시스템 홈페이지(http://seoji.nl.go.kr)와
국가자료공동목록시스템(http://www.nl.go.kr/kolisnet)에서
이용하실 수 있습니다.(CIP제어번호: CIP2016011575)